JN154452

儲けない勇気

さわかみ投信の軌跡

澤上龍

幻冬舎

儲けない勇気

さわかみ投信の軌跡

装丁：秦 浩司（hatagram）
カバー写真：iStock.com/mbbirdy

JASRAC出 1903062-901

目次

序章

雨は嫌いじゃない。どちらかといえば好きな方だ。

特に雨の夜は格別だ。雨が雑音をかき消すことで、むしろ静寂感さえ覚える。雨夜を静々と急ぐ車は無事なる帰宅を願う音を発している。空き巣からもその仕事を奪うだろう。また雨は、翌朝のトレーニング中止の合図でもある。

安らぎを与えてくれる雨……しかし、あの日の雨は違っていた。

前日の予報どおり、二〇〇五年十月二十九日は未明から雨だった。

静岡県沼津市のホテルの一室で雨音を確認した澤上龍は、火をつけたばかりの煙草を消し、深い溜息をついた。そしてすぐに次の一本を手に取った。

今日はさわかみ投信にとって設立以来最大のイベント開催日であり、晴れの舞台だ。

この日を迎えるべく社員一丸となり命懸けで戦ってきた。そしてその戦いには多くの仲間の支えがあった。いわば今日は祝勝会だ。全国から仲間が集まってくるだろうに、なぜその日がよりによって雨なのだ。

龍の溜息は天気だけが理由ではなかった。

三本目の煙草を灰皿に押しつけ、机の端に設置された小さな時計に目をやった。少し古びているもののカチカチと音を立てながら正確に時を刻んでいる。針は午前四時半を指していた。

時計のすぐ脇には封緘（ふうかん）を待つ手紙が放り投げられるように置かれている。封筒に退職願の文字はまだない。そのどこにでもある茶封筒を手にすることなく、龍は再びベッドに横たわった。

一九九三年のこと。とある事情で文章を作成しなければならなくなった龍は、父である澤上篤人が所有するワープロの操作方法を自室にこもって確認していた。一般家庭にパーソナル・コンピュータが普及する前夜、メモリ機能付きの文章編集機は静かにその任務の終焉の時を迎えていた。が、そんなことを知る由もない龍は、自身の部屋に似つかわしくない野暮ったいグレーの物体と格闘していたのだ。

十八歳となった龍の部屋は、自らの城を築きたいと渇望する年相応に自己表現の様相を呈していた。ブラウン管テレビと冷蔵庫を橋脚としたサーフボードの橋を建造し、その上にはシルバーアクセサリーや香水、ゴーグル付きのヘルメットなどが飾るように置かれている。二人掛けの黒いソファからは、壁に貼られたビートルズの全CDジャケット、そしてジョン・レノンの巨大ポスターを満足気に眺めることができる。まさにそこは龍だけの城だった。当時の龍はビートルズの中では劇薬的な存在のジョン・レノンを気に入っていた。

ワープロのメモリの中身を確認していると、乱暴にタイトルをつけられた原稿の下書きと思われるものの中から、一通だけまともな形式で保存された英文の手紙が目に飛び込んできた。無論、所有者の澤上の文章である。

一九九〇年代に入り日本は変わった。戦後からの高度経済成長の再来はもう期待できず、これからは一般家庭が自助努力で将来を築かなくてはならない。いずれ給料も年金制度も不安定になるだろう。つまり国民一人ひとりに本格的な資産運用が必要となる時代が来ているのだ。

我々は世界で富裕層向けのプライベート・バンキング・ビジネスを展開してきた。その実績をもって、今後は一般家庭のためのまったく新しいプライベート・バンキング・サービスをやろう。一人当たりから受け取る報酬はこれまでとは比較にならないほど小さいかもしれないが、一億人を超える日本人がいずれ利用するサービスだ。我々ピクテがその先鞭をつけようじゃないか。

英語力の乏しい龍にとって内容の理解はそこそこに、しかしそれが檄文であるということは把握できた。

見てはいけないものを見てしまったという罪悪感はなく、むしろ喰い入るようにドットの粗い白黒の画面をしばらく見続けたのだった。

第一章

夢

設立

一九九六年のある夜、澤上の招集で家族会議が開かれた。

いつ来客があっても問題ないようにと、澤上家のリビングの中央には十人掛けの大きなテーブルが鎮座している。濃茶色をした重厚感のある木製テーブルに、その晩は家族五人だけが集まった。突然の招集は毎度のことだ。誰も文句を言うことなく、それぞれがいつもの定位置に座った。

澤上家の家族会議は一般のそれとは違う。いや、平成時代のものではないと言い換えるべきだろうか。かつて、こんな家族会議もあった。

「この写真を見てみろ。この目は本気だ。お前らもこういう目つきになれ」

ラケットを構えるテニス選手の横顔の写真である。龍の二つ年下の晋がその新聞広告の切り抜きを手に、小学生さながらの純粋な問いをぶつける。

「この人、誰？」

「知らん。そんなことはどうでもいい。それよりもお前ら、この目から何も感じないのか？」

澤上の一撃に三人の息子たちが黙る。いかに生きていくかという訓戒が家族会議の骨子であり、志という直接的な単語が飛び出したらそれが閉会に向かう合図だった。

しかし一九九六年のその晩は、会議が始まる前から様子が違っていた。


「今日、ピクテを辞めてきたから」

スイスの名門プライベートバンクの日本法人の代表を辞めてきたという突然の通達に、高校生活最後の年を謳歌する一番年下の憲も流行(はや)りのたまごっちをポケットにしまった。

「ウチの家族は贅沢(ぜいたく)になっている。これからは少し厳しくしていくぞ」

澤上は製材工場の御曹司として裕福な幼少期を過ごしたが、十七歳の時に父親を亡くし家業が倒産、澤上家には借金だけが残った。当主が生きていれば、澤上家はその後の日本の住宅ブームに乗って相当な資産家となっていただろう。しかし運命という標は残酷にも別の道を指したのだ。

澤上の自宅は家事を手伝う工員で溢れ、温かくも賑やかな家庭環境だった。母の美代子が工員を澤上や二人の妹と同じく家族のように扱い、また父の佳在もその光景が好きだった。それが突然の家業倒産、美代子は愛すべき工員たちに退職金代わりにと家財を支給した。困っている隣人がいれば美代子が何でも与えてしまっており、澤上家には余分な資産など一切ない。世のため人のためにと生きてきた澤上家は、佳在の死で借金以外のすべてを失ったのだ。

その日を境に澤上は、朝昼晩はパン一つずつ、喉が渇けば公園の水でしのぐという生活を送ることとなった。

澤上は複数のアルバイトからの収入で家計と学費を捻出し、大学を無事に卒業。その後は日本の電機メーカーである松下電器に就職するも、その給料では借金を返済できないと判断し単独スイスに渡ることを決意した。澤上には大学時代に片道切符を持って欧州まで旅をした経験がある。その旅で、欧米では日本の十倍程度の給料が貰えることを知った。それもあり、失業給付金を手に再びシベリア鉄道に乗ってスイスを目指したのだ。

ジュネーブでは大学院で国際問題を学びながら自らを新聞広告で売り出し、高い給料を見込める会社に入り込んだ。その会社との出会いが澤上のその後の人生をつくることになる。世界でも指折りの投資運用会社、キャピタル・インターナショナルだ。

欧米で黄色人種が胸を張れなかった当時、彼らを振り向かせるには実力をつけるしかない。悔しさに近い感情をバネに澤上は他人の倍の時間働き、気がつけばそれなりの地位を獲得していた。しかしその頃には借金も完済していたため、大学院卒業を機に母の美代子や妹たちの待つ日本に戻ったのだった。

キャピタルで投資運用の面白さを知り、心豊かなカッコイイ大人たちに触れた澤上はその後の人生を資産運用ビジネスに捧げることとなる。しかし借金返済という大義名分もなくなり、ボスの名であるケンを自身の三男に貰うほどに彼らに憧れていても、そしてそのキャピタルからロサンゼルス本社への斡旋オファーをされても、目的を果たした澤上が欧米に残る理由はもうなかった。

そのような人生の転落、そして再起という苦しい経験をした澤上は、借金返済以後も清貧を是とする生き様を貫いていた。

「ウチの家族は贅沢になっている」

澤上の言葉に龍が意見する。

「贅沢なことと会社を辞めることとは違うと思うけど。そもそも何がどう贅沢なのか分からないよ。普段からうるさいほどに節約しろと言ってるじゃない。プラグはコンセントから抜けだとか、物はくたびれるまで使えだとか、皆が父さんのルールをちゃんと守ってるよ。それに周りの友だちと比べても……」

「いいか。ウチは海外旅行を何度もした。お前らも問題なくメシを食えているじゃないか」

「海外旅行って、それは父さんの都合じゃないか。旅行先でも父さんは仕事ばかりで家族を置き去りにする。それはそうと今後の皆の学費はどうするの？」

「そんなことは俺が何とかする。それよりも考えてみろ。何でも当たり前だと思うのはおかしくないか。食べられることも家があることもだ。お前らにはおかげさまって気持ちが足りない。そんな心の贅沢は今すぐ捨てろ。いや、心の贅肉だ」

論点が食い違ったまま議論だけが走っていく。

澤上は家族内では絶対権限を持っており、それまでもすべて独断だった。したがって今回の突然の宣言もまったく違和感がない。澤上が一度決めたことには何を言っても無駄なのだ。

そして最も大事な内容であるはずの今後については語られず、家族もそのことを口にはしなかった。それが澤上家の当然のあり方だったからだ。

佐代子は終始目を伏せていた。これから家計が厳しくなることへの不安ではない。相談なく何でも勝手に決めてしまう夫への寂しさだろう。

それから間もない一九九六年七月四日、澤上は『さわかみ投資顧問株式会社』を設立した。龍がワープロの檄文を盗み見した三年後のことだ。

ピクテ銀行では叶わなかった夢、一般家庭のための資産運用ビジネスをゼロから一人で立ち上げる。龍から見た澤上はいたって変わらず、普段と同じ表情である。夢に向かって踏み出したその一歩に気負うこともなく、やるべきことを淡々とこなしているといった感じだ。

新会社は資本金三千万円で自宅を本社に設立された。本や書類で天板が見えなかった執務室の机が片付けられており、そこで何かを書いては外出するのが会社設立後の澤上の日課だった。

一九九六年当時、資産運用という概念はまだ日本に浸透していなかった。投資は富裕層の専売特許で、一般家庭には遠い世界の話だ。当然ながら仲介業者である証券会社も金持ちを相手に自社の儲けを優先する姿勢を貫いていた。

バブル景気という言葉は、膨張した泡が限界を超えて弾けるさまを的確に捉えた皮肉だ。行き場のなくなったマネーが株式投資や不動産購入に流れ込み、実体経済以上に資産価値を押し上げる。保有資産の高騰が心理面に余裕を生ませ、それが消費を刺激することで乗数的に景気が膨れ上がっていく。一九八〇年代後半の日本は、まさにバブル景気に踊らされてしまったのだ。

一般家庭はその膨張と崩壊の中にいながらも、投資が浸透していなかったこともあり直接的な損害を被ったわけではなかった。しかしその後の景気凋落（ちょうらく）を肌で感じることで、百年に及ぶ預貯金神話も手伝って投資をギャンブルだと認定した。

さわかみ投資顧問設立後、澤上が真っ先に訪れたのが関東財務局だった。投資助言業の登録申請のためである。しかし関東財務局の担当官は澤上の申請に首を縦に振らない。

「澤上さん、あなたのビジネスは事業の安定性に欠けますね」

申請内容は、さわかみ投資顧問が助言する投資家顧客の資産のうち、一年間で増えた分に対し十パーセントの報酬をいただくというものだった。

「完全成功報酬型のビジネスモデルでは当局としても申請を受理することができません。何らかの固定収入を確保できるようプランを変更してください」

「投資家顧客に喜んでもらってこそ資産運用ビジネスは成り立つもの。成績も出さずに最初から報酬をいただくのはおかしいのではないですか」

しかしそれでも担当官の首は縦には動かなかった。仕方なく澤上は本社である自宅に戻り、ビジネスプランの再構築に臨んだ。

澤上には成功報酬型の料金体系で十分にやっていける自信があった。完全成功報酬を投資家顧客にアピールすることで、澤上の投資運用への自信を世に打ち出すことができる。投資家顧客の立場からも、損失が出た時には無報酬という料金体系は極めて納得感が高いはずだ。何より澤上一人で始めた会社である。三千万円の資本金を食いつないでいる間にビジネスは軌道に乗るだろう。そう考えた。

しかし申請が受理されなければ事は起こせない。車の運転が得意だと言い張っても、免許証がなければ公道に出られないのだ。

そこで澤上は、「助言口座開設時に一律十万円をいただく。後は以前のプランのとおり成功報酬型でやらせてもらいたい」という再申請をもって、七月三十一日に投資顧問業の登録にこぎつけたのだった。

もともと資産運用ビジネスは営業で資金を集めるものではない。実績を見て投資家顧客の方から集まってくるものだ。しっかりとした成績の積み上げと顧客重視の姿勢を貫いていれば、いずれ口コミで評判は広がっていくだろう。

そのような確固たる考えがあったため、助言業務を開始したものの、澤上は何をするでもなく本を読む日々を送っていた。

貴重な援軍

　澤上の執筆活動はピクテ・ジャパンの代表を務める頃からの日課だ。株式市場の見通しや投資関連のコラムを依頼されれば、自由な内容を条件に何でも受けた。その中の一つの雑誌『月刊事務所経営』を運営していたコンサルタントの神社長とは、コラム提供だけでなく全国各地のセミナーを共にする仲だった。

「神様のお越し」という旅館でのセミナーを共にする仲居さんの声に、周りの客がどよめいていたことを澤上は面白がって記憶している。

　そんな神氏から提案があった。

「澤上さん、自宅で仕事をしていたら広まるものも広まりませんよ。オフィスを持つことを検討したらいかがですか？」

「そんなものですか」と軽く受け流したものの、しばらく考え「確かに自宅だと限界はありますね」と答えた。
「私の知合いに不動産を扱う人間がいるのでご紹介しますよ」

会社設立一ヶ月後の八月八日、さわかみ投資顧問は九段下のアイルズＢＭビルの三階に小さなオフィスを確保することとなった。ガラス張りの個室を独占していたピクテ時代とは打って変わり、新本社は数席分のデスクと椅子、そして狭い応接スペースがあるだけの質素なつくりだ。

オフィスを構えたといっても、澤上は助言業務の営業をするわけでもなく、来客もなければやることもない。近くの魚鐵でランチの刺身定食を一緒にした友人がちらっとオフィスを覗きに来たくらいだった。

神氏からの紹介はオフィスにとどまらなかった。神氏の部下である株式会社事務所経営の金子氏の取り持ちで、明日香出版社から『この3年が日本株の勝負どき』を刊行するに至ったのだ。

株式投資が絶妙なタイミングにあるということを多くの人に知ってもらう良い機会

になるだろう……時間を持て余していた澤上は、初めての著作を一気に書き上げた。九月末より書店に並ぶや予想を超える売れ行きでたちまち重版。それに伴ってオフィスの電話が頻繁に鳴り始めた。来客対応も考えると澤上一人でこなしていくのは難しい。そこで社員を雇うことにした。

三人目の面接で面白い女性に出会った。前の二人は事務的な感じが出過ぎていたが、この女性は違う。

「大学を卒業してからは司法試験の準備で何かと忙しいのです。ですので、アルバイトとしてだったら働いてもいいですよ」

悪びれることなく自身のことを語る野上美香は、根が明るく猫のような愛らしい外見どおり自由を好む性格だ。仕事はソツなくこなしつつ、暇を見つけては法律関係の書物を開いている。集中力を求められる澤上の業務において、マイペースで自己完結型の野上はうってつけの存在となった。

著書が丸善や紀伊國屋書店でビジネス書部門販売第一位を飾ると、投資助言を求める来客がじわじわと増え出した。

九段下のさわかみ投資顧問のオフィスを訪れてみると、来客のために仮設したのかと誤解されてもおかしくない雑な応接スペースで先客に熱く長期投資を語る社長と、その奥でマイペースに専門書を読んでいるアルバイトの女性がいるのみ。その雰囲気に得心がいったのか、助言契約は次々と成立していった。

そして契約が五十件に達したところで澤上が悲鳴を上げた。

「まずいぞ。このままだと事務処理だけでパンクしてしまう」

投資家顧客の口座開設から助言業務、そして報告書の作成などの仕事で手が回らなくなっていたのだ。

「だったら人を増やせばいいじゃないですか」と嫌味なく直言してくる野上だが、顧客業務は信頼できる人間でないと任せられない。

そこで澤上は、ピクテ時代に株式等の注文を出していた田子慶紀に白羽の矢を立てた。互いに大学時代はサッカー部のキャプテンを務め、澤上はフォワード、田子はセンターバックと相性も良い。かつては自宅も近かったことから、田子が澤上を車で拾い、頻繁にサッカーの試合に赴くなど旧知の仲だった。

田子がいたな……顧客管理業務全般をあいつが守れば、俺は投資助言や顧客対応の攻めに専念できる。

田子の所属する水戸証券の小林社長と澤上は以前より親しい関係だったこともあり、田子の移籍はすんなりと決まった。正式着任は一九九七年二月一日、同年三月十八日に田子はさわかみ投資顧問の取締役に就任した。


ようやく会社らしい雰囲気になったところに、かねての知り合いである共同通信社の原氏から一人の優秀な女性を紹介したいと声がかかった。

「子育てをしながらですけど、まだまだ勉強を続けたいのです」

そう訴える中国人の許晶(きよしよう)は目をキラキラと輝かせる美しい女性だった。

ストライカーの澤上とストッパーの田子にマネージャー役を務める野上。そこに産業や企業分析を主業務とするアナリストとして好奇心旺盛な許が加わったのだ。

おっとりとした野上と活発な許は不思議とウマが合った。どちらが押してどちらが引くという関係ではなく、冷熱が同じジュールで融合しているようだ。

そんなバランスの取れ始めた社内に、更にもう一人の女性の出入りが始まった。西方氏である。

　西方氏は色々と紹介してくれた神氏の妻の妹で、鋭い眼光に刈り上げた銀色の髪が似合う世話好きの小母さんタイプだった。時々現れてはテキパキと指示を出し、皆をタジタジにさせた。


　澤上がオフィスに戻るのはたいてい夜の十時半過ぎである。各地でのセミナーを終え、残務を処理するためだ。

　その戻りを献身的に迎えたのが田子だった。脂肪の下に隆々とした筋肉を隠す田子は、誰にでも屈強で粘り強い印象を与える。外見に違わず情熱と集中力、そして途方もない体力で仕事をこなす田子の姿に、澤上はお礼代わりにと多くの助言契約を獲得する。

　そんなバリバリの体育会系を自任する田子も、日中は女性三人の口数に押され気味だったのを澤上は知っていた。

　そのような、小世帯の社内ながらも個性ある面々が我が家のように振る舞うさわかみ投資顧問は、常に笑いと活気に溢れていた。

澤上は一度、社員や援軍たちを自宅に連れて来たことがある。日々の業務を手製のシチューで労うためだ。

澤上のシチューは特徴的だった。三十人前のシチューがつくれるだろう大型の寸胴鍋に業務用と思われる肉の塊や季節の野菜、魚などをぶち込んでいく。レシピもコンセプトもない。通常では考え難いのだが、余ったお菓子や酒のつまみのキャンディチーズまで鍋に投入するのだ。存外、シチューに半溶けしたキャンディチーズは好評だったが。

寸胴鍋におよそ半分の量でシチューをこしらえていくが、味見をする度に嵩が増し、完成時にはかき混ぜられないほどの量となる。十数人前で用意したシチューが倍増するわけだから、その後数日間、澤上家はシチューの海を漂流することになるのだ。龍と晋、憲が食べ盛りとはいえ底はなかなか見えてこない。しかし子にとって母は常に偉大なもの。カレー粉を入れて地獄感を緩和するどころか、真に熟成したカレーへと革新させるのだ。またそのタイミングが絶妙だった。

さて、違う料理になる前のシチューにありつこうと田子や野上、許とその家族だけでなく後述する援軍たちの計十数名が澤上の自宅に集まった。それぞれが個性豊かに、しかし澤上の機嫌を損ねることなく茶と橙が混ざった不思議な色のシチューを寸評していく。

そして、あらかた寸評が出尽くしたところで澤上の母の美代子が脈絡のない会話をし始める。

「許さんの名は文字で書くと許さんとなるから何だか変な感じだね。呼ぶ分にはいいのだけど」

「そうなのです。ですので、日本では吉川という名を使っています」

「ところで上海でもシチューは一般的に食べられているのかい?」

この平成時代にウチのばあさんは何を言っているのだ……全員の名を記したメモを手に、初めて紹介される愛すべき面々を覚えようと果敢に話しかける美代子に、陰で見ていた龍は自分のことのように照れた。

龍の記憶で印象的だったのが西方氏だ。寸評会には混ざらず、まるで澤上家の主の如く龍たちに食器の片付けなどを命じ続けた。

そんな雰囲気に、さわかみ投資顧問の面々は澤上にとって第二の家族であると龍は認識したのだった。

急務となっている社員の増強の話に戻る。

澤上は過去のつながりから証券会社や銀行、保険会社などに勤める、これはという人物に声をかけた。しかし皆一様に澤上の第二の家族になることを拒んだのだ。

「おっしゃることは良く理解できるのですが、しかしながら私にも生活があります」

「家族が何と言うか……」

さわかみ投資顧問の将来性より現職での安定性を優先されるのは仕方がない。いつか彼らに悔しい想いをさせてやろうと、澤上は断られる数に比例して夢を膨らませた。

そのような中、株式会社三城の多根社長から秘書と御曹司を差し出すとの申し出があった。

事の発端は『この3年が日本株の勝負どき』を読んだ多根氏が、自社の社員研修の講師に澤上を招聘したことから始まる。

長期投資、なかんずく本格的な投資信託の社会的必要性を訴える澤上にいたく共感した多根氏が、社員の二人を研修生としてさわかみ投資顧問に送り込みたいと言ってきたのだ。澤上としては研修生だろうとスタッフの増員は望むところ、大歓迎である。多才で機転の利く応用力を持ったマルチ仕事人の磯野昌彦、そして温厚で実直タイプの多根嘉宏という二人を得て、社員総数五名、アルバイト一名とさわかみ投資顧問は陣容的にようやくひと安心となったのだった。

そして、いずれの参入を志す投資信託ビジネスへの準備を暗に進め始めた。

日本版金融ビッグバン

『この3年が日本株の勝負どき』をきっかけに、澤上にはあちこちから講演依頼が舞い込んでいた。そのうち定期的な勉強会を望む声が多くなったことから、毎月一回土曜日にさわかみ投資顧問のオフィスを開放し、自由参加型の勉強会を始めることとした。

三時間程度の議論を尽くし疲れてきたなと思ったら、お待ちかねの発泡酒タイムがやってくるのが土曜勉強会の特徴だ。その時間を楽しみにする参加者も数多く、議論だけでなく会全体を月一度の恒例行事として皆で大いに盛り上がった。

次第に参加者が何がしかの料理を持ち寄るスタイルが定着し、小さな会議テーブルが料理を盛った皿と発泡酒のコップで一杯となった。参加する面々のほとんどがさわかみ投資顧問の投資家顧客ではなかったが、勉強したい人の裾野が広がるのは大歓迎と、澤上は至福の時間を楽しんだ。

一九九七年九月には、毎週金曜日の午前中を利用した金曜勉強会を発足。土曜勉強会と違い、田子たち五名が働く中での勉強会だ。狭いオフィスに十数名が集まるため、参加者は半身直立姿勢、または田子や許、野上などと椅子を分け合って二時間を過ごすこととなった。もちろん金曜日の午前中のため発泡酒タイムはない。

金曜勉強会も土曜勉強会と同様に参加者が自主的に調べてきたことを発表、皆で議論する方針と定めた。ある日は自動車業界の動向について議論をし、またある日は米国の寄付の歴史についての発表という具合だ。時には、投資や金融とは関係のない能などの伝統文化についても語り合った。

自由なテーマで意見は否定なし、という金曜勉強会も、秋を過ぎた頃からその様相が変わっていく。閉会時間の正午間近になると、制定者の澤上自らが方針を破って強い主張を披露するようになったのだ。

バブルが崩壊して以来、先延ばしにしていた不良債権問題がいよいよ二進(にっち)も三進(さっち)もいかなくなってきた。三洋証券、山一證券、北海道拓殖銀行や日本債券信用銀行が相次いで経営破綻に追い込まれ、株も大きく売られている。

バブル崩壊といっても土地絡みの不良債権を大量に抱えた金融機関を中心に経営が傾いているだけのこと。地価や株価の大幅下落による資産デフレに苦しむ企業も多数あるが、それらのどちらも投資対象にはならない。一方で輸出関連企業の一部は早くも立ち直りの兆しを見せ始めている。資産デフレと超円高のダブルパンチを乗り越えて業績を回復させてきているのだ。

今はまだ株式全般が大きく売られたままだ。まさにこの三年が日本株の勝負どきである。絶好の買い仕込みのチャンスだ。


さわかみ投資顧問の助言業務は大忙しとなった。


金曜勉強会のみならず、至るところで繰り広げた日本株投資の演説の裏で、澤上は大々的な社員募集をかけた。相手は山一證券の社員たちだ。

一九七五年から一九七八年まで、澤上は山一證券で嘱託としてアナリストやファンドマネージャーの養成、加えて海外顧客への投資助言をしていた経歴を持つ。それもあり、一九九七年十一月の山一證券廃業を受け、路頭に迷う社員の一部でも引き受けられればと考えたのだ。

募集は妻帯者を優先とした。まさかの山一證券消滅で一番ショックを受けているのは社員の妻たちだろうという想いからだ。

さわかみ投資顧問は小さな会社で前職のような給与水準は保証できない。しかし大きな夢と可能性がある。そのあたりを社員候補の配偶者にも理解してもらいたく、面接は夫婦同席を条件とした。

面接会場は仮設と誤解されるいつもの狭いスペースだ。その会場を見るだけで入社を拒絶する者も現れたほどだ。

結果、計七組を面接し最終的に入社に同意した一組が岡夫妻だった。小柄ながら引き締まった体型の岡大の腕には、趣味のヨットの証だろう日焼けのシミが目立っていた。

「この企業は数年先から利益が積み上がっていくと考えられます。現在のコストダウン戦略が財務上に現れる構造ですので」と岡が言うと、「本当に利益は出るかな。コストダウンといっても社員がついていけないかもしれない」と磯野が返す。その掛け合いを楽しそうに見つつ発言の順番を待つ許に、思い立ったら参戦してくる野上。そんな繰り返しがさわかみ投資顧問の日常の光景だった。

「社長、運用経験のない岡で大丈夫でしょうか」

「そもそも日本に存在しない本格的な運用調査体制を築くのだ。未経験は当たり前だろう」

心配そうに四人のやり取りを見つめる田子を制し、澤上は一人満足気だった。

理系出身でやや理屈っぽい岡に対して、ビジネス経験豊かな磯野と好奇心旺盛な許が突っ込みを入れる。その光景に澤上は、さわかみ投資顧問に岡を中心とした運用調査の原型を見たのだ。

岡の入社を得、十分に助言業務をこなせる陣容が整った。ビジネス採算の観点からはもう無理して社員を増やす必要はない。コストが膨らむだけだ。しかし澤上にはそういった考え方は一切なかった。

目先の計算で小さく収まるのは澤上の目指すところではない。日本における長期投資のパイオニアとして次々と有為な人材を育てておきたい。いつか彼らが世に打って出ていっても良い、むしろそう考えた。

人材採用のドアは常に開けておき、ついてこられない者から静かに去っていく。成長意欲のある人間に無限の可能性を与えることが大切なのだ。


一九九八年に入ると、金融ビジネス全般の規制を緩和し、広く新規参入を促すことを目的とした日本版金融ビッグバンが政策課題となった。

ビッグバンとは宇宙創生の大爆発のことである。サッチャー首相は旧態依然とした英国の金融界に抜本的な規制緩和でグローバルベースの競争原理を持ち込み、ロンドンの金融街シティを発展させた。それを日本にも導入しようというのである。

この気運は投資信託ビジネス参入を目指すさわかみ投資顧問にとって願ってもないことだった。免許制の下では、受益者からのファンド資産額三千億円が申請の第一条件である。それを認可制とし、参入規制が大幅に緩和されるというのだ。

現状のままでは、さわかみ投資顧問は物理的な限界で悩む日が遠くない将来に必ず来るだろう。投資家顧客一人当たりの契約金額は十万円からせいぜい三千万円と比較的小さいが、助言業務では金額の多寡にかかわらず投資家顧客ごとに助言を行う必要がある。つまり、契約件数の増加に応じて的確な助言ができる者を多数揃えなければならない。そうすると契約件数よりも一件当たりの金額を増やすことが合理的な判断となり、また目的化される危険性がある。

それが投資信託であれば、一つの金融商品に皆が投資をするスタイルとなる。受益者は一万円から上は好きなだけの金額を投資でき、また受益者が十万人、百万人となっても口座を管理する人員を増やすだけで対応可能なのだ。さわかみ投資顧問が得意と自負する長期投資であれば、仮に五千億円、あるいは二兆円のファンド資産額になってもファンドマネージャーは一人で十分だ。

そもそも澤上は本格的な長期保有型の投資信託を広く世に提供したいがためにさわかみ投資顧問を設立した。まずは前段階として投資助言業に携っているが、一刻も早く投資信託ビジネスに参入したいというのが本音なのだ。

十年はかかるだろうと覚悟していた投資信託ビジネスへの進出が思いがけず早まる

可能性が出てきた。澤上は興奮を抑えられなかった。

そしてその年の十二月、日本版金融ビッグバンの一環として証券投資信託法が改正された。投資信託ビジネスが免許制から認可制へと移行したのだ。

さわかみ投資顧問は即座に行動を開始した。

大蔵省への日参

「あなた、何しに来たの？」

投資信託ビジネスの認可申請に必要な書類を携え、大蔵（現・財務）省証券課を訪問した澤上を待っていたのは係官の驚きの声だった。

日本版金融ビッグバン法案が施行となったとはいえ、これほどにも早く認可申請者が現れるとは大蔵省も想像をしていなかっただろう。しかも大きな顧客基盤を持つ有力地銀でもなければ、知名度のある大企業でもない。書類を持ち込んできたのは、無名のさわかみ投資顧問という一介の投資助言業者なのである。

澤上は真剣だった。想定外という表情の係官に、「投資助言業を始めて二年半、我々は営業を一切せず実績と口コミだけで数百件の顧客口座を獲得しました。投信ビジネスに進出すればもっと広い裾野から個人投資家を集められるはずです」と、至極当然の主張を爽やかに言ってみせた。しかし大蔵省ではまだ担当窓口も決まっていない様子、澤上の訴えも響かせる相手が不在だった。

その後も毎日のように申請書類を見てくれと通ったが、数人の係官の間をたらい回しにされる日々がダラダラと続いた。

日参当初こそ爽やかな気持ちで門を叩いた澤上も、こうも遅々として進まないとなると冷静ではいられない。元来のせっかちな面が表に出始めた。

「社長、いかがですか？」

オフィスに戻った澤上の表情に田子は敏感に反応した。大きな体に似合わず繊細なところがある。

「まともに話も聞いてもらえなかった」

「法律が改正されたといっても、やはりウチのような小さいところは相手にしてもらえないのでしょうか」

「いや……」と言いかけたところで、澤上は言葉を止めた。焦りに任せ愚痴をこぼしたくないのだ。

「他所の出方を待って、投資信託自体が普及してからでも遅くはありません。その間にウチは実績を積み上げ、それから挑戦する方が無難でしょう。その頃には資金的な体力もついているでしょうし、何より大蔵省が熟(こな)れてくれれば認可も下りやすいはずです」

「そうじゃない。本格的な投信を多くの日本人が必要とするはずなんだ。だから一刻も早く出さなきゃいかん。ウチや他所の都合なんてどうでもいい」

一般家庭に財産づくりの手段がないことを澤上は憂えていた。本格的な投資信託、つまり金融業者が儲けるためのものではなく、真に受益者のための投資信託を誰かがつくらなければならない。そんな澤上の使命感は公に対する憤りに変わっていた。

「お言葉ですが社長、毎日のように大蔵省に通っても進展がないのであれば……」

「いや、次は大人しく帰らない。必ず前進をみてやる。大蔵省の誰か一人でもウチに興味を持ってくれれば、それが突破口となるはずだ」

面会の約束が不要だということを盾に、翌日も澤上は大蔵省を訪ねた。

「私が担当窓口となりましたので、よろしくお願いします」

開口一番、若手係官の有里氏が担当に決まったと告げられた。あまりにあっさりとした報告だったため、澤上はこれまでの徒労を恨むどころか嬉しくてつい笑みがこぼれてしまった。ようやく集中攻撃のターゲットを得たのだ。

有里氏は認可制に移行しておそらく最初の申請書類を丁寧に確認し始めた。前例のない中を一つひとつ制定されたばかりの法律と照らし合わせていく作業だ。澤上は有里氏をせっつきながらも、次々と求められる書類の作成を進めていく。

「おおよそ問題なくすべての書類を確認させていただきました。ですが一点不足していることがあります。澤上さん、貴社の経営計画についてですが、何とかして三年で黒字化する目途は立ちませんか」

「後ろに金融機関とか大企業がいるわけではないので、ちょっと難しいですね」

「そうですか、困りましたね。このままだと書類を上に提出できませんよ」

「正直に言いますが、それらしい収支計画を作文するのは簡単です。ただその信憑性を裏付ける書類を出せとなると……」

澤上もこれには困った。しかし臆することなく持論を展開する。

「ウチはこれまで実績と口コミだけでやってきました。もちろんこれからも同じです。そもそも投信ビジネスは営業や宣伝でお金を集めてはいけません。受益者に喜んでもらって初めて報酬をいただける。時間がかかるビジネスなのですよ」

有里氏の頷きに構わず澤上は続ける。

「いいですか。投信の販売はこれまで証券会社が独占的に扱ってきました。それゆえ大手以外は販売が伸び悩んでいるじゃないですか。これから銀行での取り扱いも始まりますよね。しかし上手くいくと思いますか？」

「………………」

「既存の考えに捉われず、まったく新しいことを始めていかないと日本に投信文化は根付かないんですよ。何度も言いますが、営業や宣伝でお金を集めちゃいかんのです。実績でもってゆっくりと信頼を積み上げていくのが本来あるべき姿なのです。有里さん、ウチは時間はかかるが日本にあって良かったと思える投信を必ずつくりますから、何とかしてもらえませんか」

「澤上さん、私は澤上さんの言葉や熱意を通じ、やろうとする投信ビジネスの可能性を感じているのです。しかしこの書類をそのまま上に出しても書面では伝わらないのですよ。受益者の財産を預かる立場として、やはり早期の黒字化は必須なのです。分かっていただけませんか」

有里氏も悩む。

帰社した澤上は一つの考えに至った。形式的な書類だけでは上級審査官に伝わらないのであれば、伝わるようなものを書いてやろう。

そうして澤上がしたためたのが『日本における投資信託ビジネスのあるべき姿と構造的な問題点』という大論文だった。

日本の投資信託は伝統的に販売中心のビジネスで成り立っており、それゆえ常に新しいファンドへの乗り換え営業を主体としている。これでは投資信託本来の姿である一般家庭の財産づくりに資することは不可能だ。この現状を打破するために、本格的な長期保有型の投資信託を直接販売していくしかない。

投資信託の直接販売という文化は日本にこそ存在しないが、米国ではむしろ主流である。日本においても運用会社が販売会社を担う直販投信が普及しない理由はないし、買うかどうかは個人投資家つまり受益者が決めることである。

したがって認可審査の段階で重要なのは、経営を安定させるに十分なファンドの販売ができるかどうかではないはずだ。あくまでも日本の投資信託文化を受益者のためのものに変えていく強い意志と気概を有しているかどうかで新規参入を促すべきだろう。


大論文を手に真正面から有里氏ならびに大蔵省の担当官にぶつかっていったのだが、そこで効いたのがさわかみ投資顧問のこれまでの実績だった。

営業や宣伝なしに二年半で数百件の顧客口座が開設されているのは、まともな投資運用サービスへの潜在需要が大きい証明であり、直接販売型の投資信託が伸びない理由はないという論法につながったのだ。

そこから有里氏の指導も非常に協力的なものとなり、申請書類の作成スピードが急に上がった。そして、いつものやり取りを終えた澤上が大蔵省を出ようとした時に、有里氏の口から待ち望んでいた言葉が放たれたのだった。

「次に来庁される際に正式な申請書類を持参してください」

澤上は天にも昇る気持ちとなった。

大蔵省日参を始めてから一ヶ月後の一九九九年二月、さわかみ投資顧問に投資信託ビジネスの内認可が下りた。

認可が下りると決まったさわかみ投資顧問は急に忙しくなった。資本の増強、投資信託ビジネスに耐えられる広いオフィスへの移転、ファンドの基準価額を算出するシステムの導入、投信計理の専門家を筆頭とした人員確保など様々な面で資金需要が噴き出した。そしてもう一つ、大切な仕事が待っていた。社名の変更だ。

投資信託ビジネスへの進出を機に、澤上はさわかみという自らの姓を冠した会社からの脱皮を図り、より普遍的な社名にしようと考えていた。澤上の頭に即座に浮かんだのがまほろばだった。

まほろばとは古語で、人々が心優しく穏やかに生活している郷という意味を指す。まさしく長期投資の先に広がる世界を彷彿とさせる言葉だ。ギラギラした理想郷のイメージが強い黄金郷『エル・ドラド』と違い、しっとりとした豊かさを訴えられる。

まほろば投信
まほろばファンド

送られてきた不動産情報のファックスの裏紙に青いインクで記した二つの名称に、澤上は一人、悦に入った。


「澤上さん、その名前は詐欺っぽいですよ」

真っ先に反対してきたのが神氏だった。それ以外の友人たちからも徹底的に反対され、澤上の至高の名称案は総スカンを喰らった。

「それじゃあさわやかでいきましょう。いやあすなろでもいい」

しかし周囲の反応は変わらない。数多くの企業と付き合ってきた税理士たちの経験では、きれいな社名ほど胡散臭いイメージを与えるという。

澤上はがっかりした。まほろばを超える名称など思い浮かぶものか……。

仕方なく自身の姓であるさわかみと、再び万年筆で二つの名称を綴ってみる。

さわかみ投信

さわかみファンド

改めてこれから命懸けで勝負していく会社の商号、商品名を眺めてみた。

さわかみは濁音もなくすっきりとした響きであり、何よりさわかみ投資顧問という馴染みの名称でもある。

既に覚悟を決めたこともあってか、澤上は今更ながら、さわかみという呼び名を気に入り始めた。

さわかみが個人名でなく一般名称になるくらい成長すれば良いことだ。いずれ、さわかみなんて文字もなくしてしまっても良いだろう。

四月二十三日、さわかみ投資顧問は『さわかみ投信』へと商号を変更した。

最後の壁

一九九九年五月二十七日、さわかみ投信に投資信託委託業の認可が正式に下りた。それと同時に、投資一任契約に係る業務の認可も取得した。

まずはオフィス移転だ。澤上は不動産のことについては三幸エステートの木原氏に頼もうと以前より考えていた。押し付けがましくない営業姿勢に信頼を寄せていたからだ。

その木原氏から貰った十ヶ所ほどの候補の中から選んだのが番町フィフスビルの六階だった。地下鉄有楽町線麹町駅に直結した、雨にも濡れなければ案内もしやすい抜群のロケーションである。

本社移転日は六月五日と決まった。

当日は荷物の搬入先を確認すべく、最初に社員全員で新オフィスへと向かった。

入口すぐの絶好のスペースを、二十名が着座できるだろうガラス張りの会議室が陣取っている。その会議室を左に進んだところが執務スペースだ。既にデスクが社員の頭数以上に置かれており、また書類用のキャビネットが執務スペースと給湯室を隔てる壁として存在している。

真新しい給湯室にポツンと置かれた物体がある。澤上が新品で買ったと言い張る、少しディンプルの目立つ薄いグレーの冷蔵庫だ。澤上は最優先で二十四本入りの発泡酒二箱を冷やし始めた。


「お前ら、それはもっと丁寧に扱え。ウチの財産だぞ」

九段下の旧オフィスに到着した一行は、数多の企業調査レポートを証券コード順に段ボール箱に詰め、借りてきた軽トラックに積み込んでいった。

社員に交ざり、意味も分からぬまま龍は移転作業をこなしていた。腕力と体力が求められる作業に、澤上は長男の龍を呼び出していたのだ。龍は学生時代にラグビーをやっていたこともあり、引っ越し作業には最適だった。またかつてのシチューの会で社員たちとは顔見知りの間柄だ。

「すべての作業を今日中に終えるぞ。そしたら発泡酒で乾杯だ！」

澤上の号令に社員一同は賑やかな雰囲気の中で汗をかき始めた。

そしてその数時間後、岡が嘆くように言い放った。

「社長、まだ冷えていません」

想像以上に早く移転作業が片付いたため、澤上の期待するキンキンに冷えた発泡酒での乾杯は夢物語となったのだ。


移転に先行して、さわかみ投信はファンドの基準価額を算出する投信計理システムと顧客口座管理システムの導入、そして専用電話のラインを敷設していた。

投信計理システムは以前からの関係で野村総研のＴ‐ＳＴＡＲと決めていたのだが、業務を担当する投信計理の人間がなかなか見つからない。

日本の投信計理は複雑怪奇だ。その時々で人気のあるファンドを次から次へと設定しては乗り換え営業を専らとしてきた業界である。出ては消えのファンドを粗製濫造してきたため、投信計理には非常に広範囲の投資対象をカバーした計算が求められる。その専門家ともなると年収千五百万円では少な過ぎる。最低でも二千万円は貰って当たり前ときた。

さわかみ投信はさわかみファンド一本で勝負する。オプションや先物取引などにも手を出す予定がない。現物投資だけであれば基準価額の算出も単純なはずだ。何が悲しくてあらゆる分野の投信計理に通じた専門家を雇わなければならないのだ。冗談ではない……澤上は吠えたのだが、投信計理なくして投信ビジネスは成立しない。

やむなく必死に捜したところ、米国大手運用会社インベスコの日本法人社長を務めた房前氏が独立してファンド・コンサルティング・パートナーズという会社を設立、投信計理の受託サービスをやっているという。これは助かったとばかり、さわかみ投信では同社の神林氏と東方氏に交代で来てもらうことにした。

一方の顧客口座管理システムはどこにも存在しなかった。投資信託の直接販売という概念が日本になかったため、該当するシステムがあるはずもないのだ。

あちこちを当たってエーシーテックのシステムに辿り着き、専用システムのアプリケーション設計を依頼した。開発費の高さに驚かされたが、投資信託を直接販売する以上は顧客口座管理システムを社内で持つ必要がある。澤上は覚悟を決めた。

その後も直販投信ゆえのシステム関連に膨大な資金投入を強いられることになるのだが、これがその第一歩となった。


投資信託ビジネスの認可も下り、オフィス移転も済ませ、投信計理システムや顧客口座管理システムも導入したさわかみ投信にとって、ファンド設定までに残された準備は信託銀行の決定だけだった。

「社長、あと少しですね。受託銀行はすぐに決まりそうですか？」

と、社員として頑張ることとなった野上がゴロゴロと喉を鳴らす。


投資信託は信託銀行が受益者の資産を保管する形態である。投資信託を直接販売するとはいえ、口座開設こそさわかみ投信が直に行うものの受益者の資産に触ることはできない。資産を受託する信託銀行に対し、さわかみファンドとして運用指図を行うだけなのだ。しかも信託銀行には受益者の資産を分別管理する義務がある。それゆえ仮にさわかみ投信が倒産しても、また信託銀行が潰れたとしても受益者の資産は守られるという仕組みだ。

「ああ、すんなりいくと思うよ」

「良かった。じゃあ私たちは、後はさわかみファンドの設定を待つだけですね！」

「そうだ。ファンドが動き出したら忙しくなるぞ。それまでに企業調査とか、できる準備はすべてしておけよ」

野上の喉がまた鳴る。

澤上は意気揚々と最後の仕事に取り掛かった。かねて付き合いのある信託銀行に連絡をするだけで済むはずだったのだが、そこに、まさかの障壁が待ち構えていた。

「誠に申し訳ないが、御社のファンドの受託は難しい状況です」

「なぜですか？」

「それは色々と事情がありまして……」

なんと、さわかみファンドの受託はできないと断ってきたのだ。他の信託銀行にも当たってみたが、どこも同じ回答だった。

大蔵省の流れを汲む金融再生委員会から投資信託ビジネス進出のお墨付きを貰った。いくら小粒のさわかみ投信とはいえ、堂々と認可を取得しているのになぜ断るのだ。澤上はその後もあちこちの信託銀行に幾度となく接触を試みたが、すべて門前払いされた。

大手信託銀行二社に至っては、経営トップ層がまだ課長や部長代理の頃にピクテの担当だった関係がある。それもあり澤上の名前を出してくれと願っても一切取り次いでくれない。これはおかしいと信託銀行に通じる友人に相談を持ちかけた。

「澤上さん、正直に言いますね。信託銀行は、どこの馬の骨とも知れないさわかみ投信と付き合うと、自行の評価が下がると考えているようです」

「なぜそのようなことになっているんですか？」

「それは……分かりません」

「では、評価が下がるかどうかは信託銀行の担当者に直接説明します。関係者でもいい、誰か紹介してもらえませんか」

後日、澤上の望んだ関係者との面会が設定された。

「こんなことを言ったら気を悪くされるでしょうが……」

「構いません。率直にお話しください」

「実は、私の知る信託銀行の上層部は、御社の投信ビジネスは上手くいかないと考えているようです。たいしたビジネスにもならないのに手間ばかりかかることを懸念しており、それどころか経営悪化で夜逃げでもされたら大変だとも言っておりました」

「夜逃げっておかしいでしょう。逃げる理由もないし。そもそも受益者の資産は信託銀行で預かるのだから、ウチが持ち出してどうこうっていうのはあり得ないはずですよ。むしろウチに何かあっても、受益者の財産を守り抜いたと評判が上がるだけじゃないですか」

面会は罵詈雑言を投げつけられる場となった。

澤上は何を言われても構わないし、実績でもって見返すだけだと落胆することはなかった。しかし信託銀行が決まらないことには投資信託ビジネスが始められない。見返してやりようがないのだ。

さすがの澤上も焦った。認可取得から半年以内にビジネスを開始できなければ、認可取り消しもあり得るからだ。それでは一体何のために夢を追いかけてきたのか。今や時間との勝負で、様々な人に信託銀行の役員クラスの紹介や口ききを依頼した。

そのような中、金融ファクシミリ新聞社の島田社長の尽力で日興信託銀行の幹部との面会が決まった。日興信託銀行は日本で一番小さな信託銀行だったが、初めて幹部クラスと話ができる。日本中を包み込む蟬の声が、澤上にとってタイムリミット直前のカウントダウンに聞こえていた。


面会当日。

田子を引き連れ勝負の面持ちで日興信託銀行を訪れた澤上は、何としてでも受託業務を引き受けてもらいたいと大演説をぶった。

色々と質問が出たものの、なかなか望んでいる雰囲気にならない。そのまま時間ばかりが過ぎていった。

日興信託銀行を逃したら、もう他のところは期待できない。澤上は相当に参っていた。しかし現実はそう甘くない。飛んでくる質問も、断ることを前提とした意味のない内容ばかりであった。

諦めるわけにはいかない。しかし諦めざるを得ぬ状況の中で突如、末席から大きな声が発せられた。

「受けましょうよ。どうせウチはジリ貧だから、この際どんなビジネスでも受けるべきでしょう」

出席者の中で一番下っ端の大津氏の発言だ。そしてこの一言で会議室の空気は一変し、最後には「思い切ってやってみようか」という結論に達したのだ。

条件や受託の手数料率は日興信託銀行の言い成りとなったが、ともかく信託銀行が決まった。ようやくこれで投資信託ビジネスを始められる。

半ば強引に突き進んできた道のり、その最後に立ちはだかった壁は澤上の想像以上に大きなものだった。しかし、それを越えるほどに澤上の抱く夢の方が大きかったのだ。

さわかみファンド

日興信託銀行の受託も決まり、ようやくこれで投資信託ビジネス進出のための準備がすべて整った。さわかみファンドの設定は八月二十四日と決まった。

「田子、いよいよだな」

澤上はオフィス近くの居酒屋に田子を呼び出していた。

「ようやくここまで来ましたね。一時はどうなるかと思いましたよ」

生ビールのジョッキを傾けながら、やや顔を赤らめた田子が安堵の表情を浮かべる。

「信託銀行には驚かされたな。まさか断られるとは思いもしなかった」

「私も驚きました。社長の名を出されたのに、会ってもくれないところがほとんどでしたね」

「でもまあ、結果オーライだ。会社設立から僅か三年で投信ビジネスに参入できるとは本当に運が良い」

「はい」

「いいか、ここからが正念場だぞ。お前は実際の業務の流れを徹底的に詰めてくれ」

「もちろんです。嘉宏君も頑張ってくれているので心配はありません」

「そうか、それなら良かった」

「社長はこれからどうなさるのですか？」

「俺か。俺は助言契約者の皆さんに手紙を書く」

「手紙？」

「今年の年末をもって助言業務を終了させていただく、という手紙だよ」

「やはり終わりにするのですか……」

「助言よりもファンドの方がずっと良いだろ」

「そうですね。かしこまりました。お客様は残念に思われるでしょうが、社長が決めたことです。後は私の方でバックアップできるようにします」

「任せたぞ」

澤上がぬる燗とお猪口二つを追加注文し、その晩は想いに浸るように時間を過ごした。若いサラリーマンで賑わう店内の隅の席に座る二人には、周囲の雑音は届かなかった。

翌日、澤上は助言契約をしているすべての投資家顧客に手紙を書いた。一九九九年の末をもって、勝手ながら助言業務を終了させていただきたいと。

上手い具合に日本株は上昇トレンドにあり、どの投資家顧客もプラス圏内だ。このまま投資勘定を保有し続けても良いし、どこかで売却し利益確定しても良い。

手紙には助言業務終了の旨だけを記載した。さわかみファンドの購入に関しては設定前営業となるので一切の言及は避けたのだ。

田子の読みどおりに助言業務の継続を願う声は少なくなかったが、澤上は投資信託ビジネスとの併営は難しいと考えた。心苦しさは残ったが、発展可能性の高い投資信託ビジネスに人もエネルギーも集中させたい。

一日も早くさわかみファンドの運用を開始させたかった澤上は、通常は一ヶ月程度の募集期間を設けるところ、異例の八月二十三日の一日だけの募集を決断した。

無駄に募集期間を引き延ばし、営業やら宣伝やらをすれば巨額の資金を預かることもできただろう。まとまったファンド資産額で晴れのデビューを果たしたら、業界も世の中も更に注目したかもしれない。

しかし、澤上はそうはしなかった。

投資信託は小さく生んで大きく育てるもの。成績そして信頼を、時間をかけてじっくりと積み上げていきたい。

たった一日の募集期間しか設けなかったが、さわかみファンドは十六億円超の資金を預かるに至った。助言契約の投資家顧客の大半が流れてきたのだ。澤上が標榜する長期投資、そして投資信託の直接販売という日本初の挑戦が、ガチガチに凝り固まった金融業界に風穴を開けることを期待したのだろう。

さわかみファンド設定を翌日に控え、その晩は社員全員で軽い前夜祭を行った。いつも発泡酒しか出さない澤上も、祝いということもあり自宅からワインを数本と少しのチーズを持参していた。

「いよいよ明日、四百八十七名の乗客を乗せた長期運用船さゝかみファゝドゝ丸が大海原に出航する」

　皆、期待に胸を膨らませた。

　一九九九年八月二十四日。さわかみファンド設定当日の朝五時。

　澤上は独自に編み出した数十種類の体操を毎朝一時間半かけて行っている。が、その日の朝はトレーニングもままならない状態だった。

　変則的な腕立て伏せをしていても、また不思議なスクワットに息を切らそうとしても、かたちだけでさっぱり身が入らない。時々動きを止めてはポストから発せられる音に耳を澄ました。

　カタン……。

　待ってましたとばかりに、澤上はポストまで走った。そして早速、慣れた手つきで日経新聞のオープン基準価格のページを開いた。

「あった！」

　右の一番下に、さわかみ10000という文字が。

　ファンドは一口を一円とし、一万円からスタートするのが慣習だ。さわかみ100

00とはまさに、まったく値動きを経験していない生まれたての状態である。
澤上は思わず声を上げてしまった。

一九九六年七月四日のさわかみ投資顧問設立以来、澤上は無骨に前だけを見て走ってきた。時折見せる恐ろしいほどの眼光の鋭さ、そして前進を決断した時の迫力は、小柄な体型をまったく意識させない圧倒的な存在感を示す。鍛え抜かれた筋肉は加齢によって収縮が始まっていたが、その萎みかけた澤上の胸筋の内にようやく熱いものが生まれた瞬間だった。

さわかみ10000

本当に始まったのだ。

第二章

出航

決意の旗

一般家庭の財産づくりをお手伝いしたいと動き出してから三年、さわかみ投信はようやく理想的な仕組みである投資信託ビジネスに参入できた。

いよいよ日本に本格的な長期投資を問うていける。澤上はさわかみ1000と記載された新聞を片手に麹町のオフィスへと急いだ。

オフィス入口すぐの好位置に陣取る会議室の前には、岡によって観葉植物が丁寧に置かれている。緑の植栽が無機質な透明のガラスに良く映える。その日の朝も、岡はいつもと変わらず植物たちに霧吹きで水を与えていた。

澤上は、その姿を横目に執務スペースに向かって大声で一言発した。

「全員、会議室に集まれ！」

すぐさま全社員が会議室に入った。社長のことだ、今日は必ず訓戒があるぞと社員も澤上の行動を読んでいる。

「改めてこれから、さわかみ投信の方針について発表する」

皆、興奮を隠すためか真剣な表情で澤上の言葉を待った。そして方針ならぬ、未来永劫掲げていく旗、さわかみの哲学が発せられた。

「まずは運用についてだ。さわかみファンドは景気の大きなうねりに沿って資産を切り替えていくことを基本とする」

これまで何度も聞かされていた澤上の運用方針だ。しかし、さわかみファンドが動き出した今、その聞き慣れた方針に色彩が乗った。実際にこれから自分たちが向かう方角となったのだ。社員全員が固唾を呑む。

「いいか。今は銀行の不良債権問題が長く尾を引いている状態だ。景気はドン底に近いと考えて良い。したがって酷く売り込まれている株式をどんどん買い仕込む運用に徹しろ。ポートフォリオは株式のみだ」

「いつまで株で勝負しましょうか」

「景気が過熱するまでだ。過熱感が見えれば金利も反応する。その時は徐々に株式を利食って現金で持ってろ。そうだな、七～八割まで現金を高めても良い。金利が上がれば調達コスト高から企業活動は鈍り、資金需要も減ってくるだろう。景気は減速から失速へ向かい、金利も一転して急降下を始めるはずだ。その前に保有している現金を投入して高利回りの債券を片っ端から拾え。但し、債券で勝負するのはその時だけだ。金利の低下局面、債券価格上昇時だ。それ以外の時は旨味も何もない」

「かしこまりました」

岡が頷く。

「経済活動全般が落ち込み、低金利政策が打ち止めだと思われる頃から保有債券を売り上がれ。これが再び株式にシフトするタイミングだ。丁寧にこの繰り返しをすれば良い」

「承知しました。取り掛かります」

「景気のうねりに沿って獲物を狙う網を張り替えていくイメージだぞ」

ポートフォリオとは紙ばさみのことである。各種の書類などをまとめるために使用するもので、金融の世界では複数の投資先の組み合わせを意味する。そのポートフォリオの中身を景気変動に合わせて切り替えることをアセット・アロケーションと呼び、経済全体の流れを先取りする極めて合理的な運用手法である。

「社長、ではどんどん株を買っていきます」

「待て。株式投資のタイミングは今で間違いないが、焦るな。組み入れる企業は長期的な成長見通しが良好、そして安値に放置されているものだけにしろ。いいか、ウチは目先の成績を競う必要はない。値上がりしそうな銘柄を追いかけることもしない。人気銘柄を集めたポートフォリオの見栄えなどどうでもいい。まずは再度、丁寧な企業調査から始めるのだ」

日本の投資信託はファンド募集時に膨大な広告宣伝費で多額の資金を集め、それを運用開始一ヶ月足らずでポートフォリオの九割近く、つまりほぼフルインベストメントまでもっていってしまうのが通例だった。

さわかみファンドに遅れること半年、日本証券界の雄、野村證券から売り出されたノムラ日本株戦略ファンドが一つの例だ。鳴り物入りのデビューで一兆円を集め、そのままＩＴバブル崩壊の渦に巻き込まれてしまった苦い経験を持つ。

澤上は近未来に起こる悲劇を占ったわけではない。目指したのは、世に多い相場ありきの運用と明確に一線を画すスタイル、つまり単に運用の基本を忠実に実行することだったのだ。

徹底した企業調査を踏まえた上で、長期的な成長が期待できる企業の株式を不況時の株安局面で目一杯拾っておく。たっぷりと安値で買い仕込んだ後はのんびりと景気回復、そして業績向上による株価上昇を待つ。上下変動極まりない相場などに振り回されることなく、企業の価値向上を投資主眼とする姿勢を崩さない。

そういった本格的な長期投資を徹底的に追求していけば、どこにも無理がなく、また投資運用資金がいくら大きくなっても堂々と成績を積み上げていける。

「次に顧客業務の方針だ」

業界に先駆けて投資信託の直接販売を行うさわかみ投信だからこそ、顧客業務が輝いていないといけない。

「まず、ウチと受益者は単なる金融機関とお客様の関係ではないことを肝に銘じよ。お客様はさわかみファンド丸で大海原に出る仲間だ。ウチではお客様のことをファンド仲間と呼ぼう。時化（しけ）もあれば凪（なぎ）もある。大きな波や相場のうねりを乗り越えながら共に目的地に向かう仲間なのだ」

「さしずめ社長は船長ということですね」

澤上の長い演説もこの頃には緊張がほぐれたのか、社員に余裕が見え始めている。

「茶化すな。どうでもいい」

一喝した上で澤上は続ける。

「いいか。顧客業務は時に運用以上に重要な役割を果たすんだぞ。暴落時でもどっしりと構え、しかし対応は迅速、システムも盤石でないといかん。そういったところにファンド仲間の皆様は安心感や信頼を抱くのだ。これが直販を貫く肝だ」

運用を支えるのはファンド仲間からの信頼である。さわかみファンドが相場暴落時に「待ってました」の買いを入れたくても、ファンド仲間が呼応してくれなければ絵に描いた餅となる。澤上が長い投資運用経験から学んだ顧客業務の神髄だ。

「フリーダイヤルは入れないぞ。ダラダラと電話をする暇などない。さわかみファンドの価値を上げることに専念しろ。その代わりウチは月に二回、すべてのファンド仲間の皆様に報告書をお送りする。そこで全部さらけ出してお伝えするのだ」

将来を見据えて判断を下し、成績という結果を届けることが投資運用の本領である。説明責任を果たすための運用となりがちな業界の中で、説明や納得は不要と言い切る澤上の言葉には力がこもっていた。

「ウチの運用スタイルだったら成績は必ず出る。しかし結果が出るまで時間がかかってしまう。だからこそ現状がどうなっているのかをお伝えするのだ。説明はいらん。すべての情報を出せ。そして報告書はその日のうちに発送しろ」

「お言葉ですが社長。投資情報まで公開したら先回りされてしまいます」

岡が不安な顔をする。

「誰もが目を伏せてしまいたい暴落時にウチは買うんだぞ。いくら公開しても、皆よう買えんわ。真似したけりゃすればいい」

さわかみファンドのフルディスクローズ態勢は、ファンド仲間のみならず運用業界全般に波紋を呼んだ。

報告書にはポートフォリオに組み入れている上位の十銘柄ぐらいしか載せないのが一般的である。それに対し、さわかみファンドは正々堂々とすべての投資先企業の情報を取得コストに至るまで開示しているのだ。その覚悟と透明性は、さわかみファンドをして本物の投資信託が登場したと評価を高めた。

第一号の報告書は、さわかみファンド設定から一週間後の一九九九年八月三十一日の晩に発送された。

月中ならびに月次報告書の作成と発送はその日のうちにとしたのは、一刻も早くファンド仲間に運用状況を届けたかったからだ。運用は長期視野でどっしりと骨太く、されど受益者への報告は迅速に、それが澤上の考えだった。

「ウチは営業も宣伝もしない直販投信だ。それでもファンド仲間の皆様は日本中から集まってくださっている。思うがままの長期運用をさせてもらえる喜び、ウチを信じ大事な虎の子を預けていただけることへの感謝、このありがたさを片時も忘れるな」

報告書の即日発送は永久に続けるぞ、と澤上が言えばそれで決まりだ。そのような、さわかみ投信の気持ちと姿勢は後日とんでもない効果となって戻ってきた。

基準価額が下がって心が折れそうになっていると、それを見越したかのように月二回の報告書が届き、このまま頑張ろうと気を取り直した……そういったファンド仲間からの手紙が数通届いたのだ。サイレント・マジョリティーの存在を考えれば、この月に二回の報告書は絶大な威力を発揮したといえよう。

さわかみファンドの資料セットの一番上に書いてある「良い運用は、良い投資家顧客と二人三脚で」をまさに地で行っているのだ。

ないものはつくれ

さわかみファンドの出航から一ヶ月が過ぎた。

澤上の指示どおり、運用は丁寧にポートフォリオ構築を進めている。顧客業務においても特段の問題は発生していない。

新しいことを始めると、それまで見えなかったものが顕在化してくる。そういった意味では、さわかみファンドの航海は順調そのものだった。目視が難しくなっている港を背に、さわかみファンド丸という帆船は大きく開けた海原を滑るように走っている。

やることは山のようにある。資料や書類、そして業務プロセスも改善の余地だらけだ。しかし走り出したさわかみファンド丸を加速させることが何より重要。細部のことに着手しつつも、まずはファンド仲間に喜んでもらえるような実績をつくることが先決なのだ。

さあ、目一杯に張った帆にたっぷりと追い風を受け、いよいよ速度を上げていくぞ。そう全社員の気持ちが前のめりになり始めた矢先、視認できない海中から突如、潜水艦が浮上してきた。


「社長、金融監督庁（現・金融庁）からお電話です」

金融機関にとって監督官庁からの電話は嬉しいものではない。

電話を取り次いだ多根はやや緊張気味だったが、やましいことは何もしていないと澤上は平然と受話器を取る。が、金融監督庁との電話が長引くにつれ、澤上の平然とした態度が徐々に崩れていった。

「ちょっと待ってください。一般家庭の財産づくりには長期投資の複利効果は最大の武器なのです。だからウチでは収益金をなるべく再投資する設計にしました。毎年分配は日本の投信で一般的かもしれませんが、分配などしたら複利効果をわざわざ削ぎ落とすだけのこと。それこそさわかみファンドの価値が薄れてしまいます。ましてや四年に一度分配する投信として届出書を提出し承認を得ているじゃないですか。完全無分配が理想でしたが、それじゃダメと言うからオリンピックと同じにしようと決めたのです。きちんと手順を踏んだ上で設定されたさわかみファンドはもう既に動き出しているんですよ。それを突然、商品の設計変更をしなさいというのは解せません」

澤上の声が大きくなる。それに合わせて多根や他の社員の顔が青ざめていく。

「……分かりました。毎年分配するファンドに約款や目論見書を変更します」

澤上は苛立ちを隠せぬままそう告げ、電話を切った。

「社長、何があったのですか？」

田子を筆頭に社員が不安な顔をして澤上の周りに集まる。

「毎年分配に方針変更しろと……指示というより命令のようだった」

「ウチは四年に一度の分配で承認を貰っているんですよね。なぜ今になって？」

「分からん。分からんが、とにかく変えてくれの一点張りだ。とんでもない要求だが、従わざるを得ない」

「良いのですか……それで」

「俺だって理由も分からず、しかも唐突に変えろと言われても承服できない。だが、認可取り消しはまずいだろ」

「それはそうですが、納得できません」

分かりましたと告げた澤上は、電話の向こうで担当官が安堵したのを感じていた。


続く十月、更に新たな障害物が航路を遮ろうとしてきた。

またもや金融監督庁からの電話だ。しかも今度は代表者と役員への出頭命令である。理由も不明なまま、澤上は田子を伴って金融監督庁に赴いた。

「一人でつくった投信ってどういうことだ！」

面会は若い課長の怒鳴り声から始まった。突然の大声、しかもまだ若い課長の怒号にさすがの澤上も頭にきた。

「社長、落ち着いてください」と言わんばかりの目配せを田子が送ってくる。

「何のことですか。詳しく話してください」

澤上は冷静を装った。

「お宅は一人で投信を始めたと言いふらしているんだろ。そんなもの当局は絶対に許さない」

「ちょっと待ってください。一体どこの誰がそんなこと言っているんですか」

「マスコミの記事になっているではないか。お宅がそう言ったんだろう」

担当課長はますます声を荒らげる。

「どこの誰が書いたかは知らないが、そんな取材を受けた覚えはないですよ。一体どこですか、書いたのは？」

「読んでいないのか」

また怒鳴る。

澤上がどの記事かと問い質すと、タブロイド判の夕刊紙にあったという。

「申し訳ないが、そんな新聞を読んでいる暇などありませんよ。どこの記者だか知らないが勝手に書いたのでしょう。こちらには何の関係もないことです。まして当局の皆さんが一人の投信など認可するはずないじゃないですか」

堪忍袋の緒が切れた澤上の猛撃に、旗色が悪くなった課長がトーンダウンし始めた。

「本当に知らないんだな」

「知らないと言っているでしょう」

「だったら今日のところはもういい。だけど俺たちに汗をかかすなよ」

汗をかかすなよとは一体何様だと思っているんだ。澤上は怒鳴り返してやりたかった。しかしそうはせず、課長以下を睨みつけて金融監督庁を後にした。

「クソッタレ。いつか必ず見返してやるからな」

帰り道に澤上は田子にそう息巻いた。

「しかし社長、先月の分配金の件といい、なぜこうも立て続けにおかしなことが起こるのでしょう」

さわかみ投信を良く思わない何らかの力を澤上は感じていたが、田子の質問には返答をしなかった。


金融監督庁からの出頭命令と時を同じくし、さわかみ投信はファンドを積立購入できるサービスを模索していた。

本格派の長期保有型ファンドを定額積立していくと、とてつもない複利効果が得られる。ファンド仲間重視のさわかみ投信としては、どうしても導入したいサービスだった。

しかし生憎、日本の投資信託業界には毎月の積立投資など存在しない。一部に財形貯蓄とか社員持株制度の積立がある程度。ないものは仕方がない。いつもの如く、さわかみ投信は自前で一つずつ組み立てていった。

「いいか。第一に、ファクタリング会社の機能を利用してファンド仲間の皆様の銀行口座から毎月一定額を引き落とす。次に、それを銀行の自動振込サービスでさわかみファンド購入に振り向ける」

　澤上の説明に田子そして多根も頷く。

「この一連の流れを、さわかみ投信がファンド仲間の皆様それぞれの購入に遺漏がないよう管理する。そうすれば可能じゃないか」

　澤上の案をベースに社内で様々な角度から議論を重ねた。その結果、問題ないと確信し、一九九九年十一月にさわかみ投信は業界初となる定期定額購入サービスを開始したのだった。


　この定期定額購入サービス、一般的にいう積立サービスはとんでもない大ヒットとなった。待っていたかのように契約は急増、気がつけば全ファンド仲間の四分の三が利用するに至ったのだ。

　定期定額購入サービスはさわかみファンドの運用にも強力な武器となった。毎月数億円以上が決まったように入金される。ファンド仲間が時間分散のドルコスト平均法の投資ができるのと同じように、それを運用の軍資金として長期の買い仕込みに回せるのだ。結果的に将来、この定期定額購入サービスがさわかみファンドの成績を平均株価以上にジリジリと押し上げる要因となっていく。

併せて、会社の収入基盤も一気に安定した。さわかみファンドの信託報酬はアクティブファンドの平均値よりも圧倒的に低い一パーセントに設定している。ファンドに毎月十億円の入金があるということは、会社が受け取る信託報酬は毎月一千万円ずつ上乗せされることにつながる。仮に月に五千件の資料請求が舞い込んだとしても十分に対応可能だ。

あらゆる意味でこのサービスを構築したこと、そしてそのために知恵を絞り苦労したことを澤上は自画自賛したのだった。

勢いに乗ったさわかみ投信は更に社員の増強に走る。設立当初と違い知名度が上がりつつあったこともあり、さわかみ投信には多くの入社希望者が来るまでに育っていた。

村田宜紀は澤上の知人からの紹介である。澤上は、村田の証券会社での長い業務経験を買って投信計理の専門家に育てるべく採用した。仕事熱心で地道な作業を得意とする村田は、驚くべきスピードで投信計理の実務を学んでいった。

二〇〇〇年が明けて間もなく、房前氏から村田一人で業務は大丈夫との太鼓判を押され、ファンド・コンサルティング・パートナーズとの契約を解消した。

その他にも商社やメーカーなどからの入社組が続々と現れた。澤上は全員をアナリストとして採用した。

その大量入社組の最後に龍の存在があった。さわかみ投信が繁忙期を迎える中で、父である澤上が半ば強引に連れてきたのだ。もちろん他の社員と違い正式な面接などはない。初出勤日は二〇〇〇年五月二十二日。龍はアナリスト兼業務管理部の一番下っ端として、横幅千二百ミリの机と小さな椅子を与えられた。

社長の息子の突然の入社にもベテラン勢は驚いた様子はない。大半がシチューの会、そして移転作業で知った顔だ。敬遠するどころか、むしろ積極的に声をかけ龍をランチに連れていった。

煙たい存在

「住友金属ってすごいんだよ。あそこ、シームレスパイプをつくってるんだけど、俺は石油や天然ガスの供給網整備に必須だと考えているんだ」

入社してすぐ、龍は年の近い先輩社員に連れられ近くの定食屋に来ていた。オフィスのある麴町界隈はランチタイムともなるとどこのレストランも並ばないと入れなかったが、その日は運良く二組のサラリーマンが先に待っているだけだった。

「よく分からないけど、すごいってことですよね」

煮魚に箸を入れつつ、龍は先輩の顔を見ることなく不愛想に返答する。

これがどの組織にも見られる新米社員へのお節介というヤツか。メンター制度とか聞くこともあるが、小学校に入学したわけじゃないんだから、大人としてもう少し放っておいてほしいものだ。ところでこの先輩、シチューの会にも昨年の移転作業にもいなかったな。この半年内に入社したんだろうか……という心の声は出さない。

「だろ。ドットコムだとかインターネット系の企業が注目されていた中で、俺は重厚長大の時代が戻ると確信を持っていたね。何だかさ、世間からウチのやり方は時代遅れなどと言われるけど、だからこそもっと投資している企業のことをアピールすべきなんだよ。でもさ、社長は無駄なおしゃべりをする暇があったら調査に専念しろって言うし……知ってる？」

「うん？」

「ウチは宗教っぽいって言われているんだよ。さわかみ教。だから企業の調査レポートとか、そういうのをもっと外にも出していかなくちゃ。理念だけじゃなく、精緻なレポートをさ。そうすれば宗教なんて言われなくなるよ」

「先輩、それ会社で言った方がいいですよ。こんなところで話すよりも」

　龍の厚い胸板は幼少時よりの水泳、学生時代のラグビーなどで得たものだ。趣味のサーフィンで肌も黒くなっており、その風体は人に厳(いか)つい印象を与える。更に悪いのは、髪も長めで顔立ちもどこか派手だ。外見が性格をつくったのか、それとも性格が外見に現れたのか、とにかく生意気で社交性のない若者だった。

「先ほどのパイプ、シームレスって継ぎ目がないってことですよね」

「そうだよ。だから油やガスが漏れないんだよ。すごいだろ」

「どうやってつくるんですか？」という龍の質問に先輩は答えなかった。

「会社に戻って確認しましょう。企業レポートはその後ですね」


さわかみファンドが運用を開始した一九九九年から二〇〇〇年は、世にいうドットコム企業の隆盛期だった。

インターネットの技術進化もあり、ｅコマースと呼ばれる電子商取引が活発化、猫も杓子もドットコム企業を持ち上げる時代だった。その勢いはすさまじく、ドットコムと名のつく企業であれば、まったく利益が出ていなくても、また仮にそれが詐欺であっても大量の資金が集まっていた。二〇〇〇年のミレニアム問題も騒がれ、世間の話題はインフォメーション・テクノロジー一色だった。

そのような状況下で、分からない企業には投資をしないと、さわかみファンドは徹底的に安値で放置されたオールドエコノミー株を買い漁っていた。それゆえ、さわかみファンドのポートフォリオは見栄えが悪く、世間からも「澤上さんはカッコつけて新しいファンドを立ち上げたけど運用は古いよね」などと揶揄されていた。

他方で業界に革命を起こすかたちで誕生したさわかみファンドを好意的に受けとめている少数派もいた。澤上の歯に衣着せぬ強い言い方、そのリーダー像、そして何より一般家庭のためのというフレーズに共感を覚えた彼らは、インターネットの掲示板でさわかみ教の信者と呼ばれていた。

「掲示板なんて見るな」

澤上は一度だけ社員に向け、そう通達したことがある。龍は何を躍起になっているのだろうと不思議に思った。

「ウチは宗教って呼ばれているのは龍君も知ってるよね」

先輩女性が耳打ちをしてくる。香水の匂いがきつい。龍は香水が苦手だ。

「あ、はい。聞いたことがあります」

「それだけじゃないの。あなたのお父さん、詐欺師とも書かれているのよ」

詐欺師……数年前に自らの地位を捨て、一般家庭の財産づくりという夢のために突っ走ってきた男が詐欺師呼ばわりか。

「大丈夫です。父は他人の言葉をまったく気にしないので」

「じゃあ、なぜ掲示板を見るなって言ったと思う?」

「さあ」

「気にしているのよ」

いや、社員自身が無駄に心配をし自信を失うことを避けるためだ。澤上のことをよく知る龍にはそう確信があったが、しかしあえて口にはしない。

掲示板を見るなと言われれば、龍としては見たくなる。確かに、さわかみファンドを侮蔑する意見が多数存在していた。そしてその中には詐欺師という言葉もあった。

龍にとって何より腹立たしかったのが、さわかみファンドの資料セットの表紙を飾る一枚目の最後の一文、それを繰り返しからかうような投稿だ。


良い航海を、ボン・ボヤージュ!

ボン・ボヤージュ……お堅い金融機関が使う言葉ではないかもしれない。しかしこの一文は、ファンド仲間に対する澤上の真摯な気持ちだ。心から良い航海をしましょうと願っているのだ。それを、意図も汲まずに言葉の響きだけで小馬鹿にするような投稿に真剣に怒りを覚えた。いっそ掲示板を通じて叩きのめしてやろうか。炎上という事象を知らない龍は、本当にそう考えたのだった。

驚かされたのは、それらの嘲笑を覆すアンチ投稿も多数存在していたことだ。それによりさわかみ投信は、龍の無知から引き起こされそうになっていたネット炎上を免れたのだった。

匿名者の批判には責任感も覚悟もない。それに対し、熱狂する者の意見は攻撃力が違う。

さわかみ投信の知らないところで信者たちが壮絶な戦いを繰り広げている。そしてそれを見た傍観者が再び嘲笑う。「ファンド仲間って何だ。やはり宗教じゃないか」と。

龍は冷静になった。澤上の言うとおり、掲示板など見ていても仕方がない。見返してやるだけだ。

行き過ぎたものは元に戻る過程で反対側にも行き過ぎる。何でもそうだ。株価変動も、企業価値を軸に上下に振り子現象を示しているに過ぎない。世間がドットコムに騒いだとしても、いつか祭は終わる。様々な環境変化や事象を乗り越え、真に価値を高められる企業だけが生き残っていく。

さわかみファンドは流行よりも人々の生活という実需の流れを追い、誰に何と言われようとも長期投資に徹した。

その後、飛ぶ鳥を落とす勢いで存在感を放っていた株式会社光通信で信用問題が発覚し株価が急落。引きずられるように日本のＩＴバブルが崩壊を見せるや、掌を返すかの如く、見放されていた企業の見直しが進んだ。そして、長期投資一本やりが功を奏し、さわかみファンドの運用成績は平均株価や競合ファンドをグングンと抜き、逆転を果たし始めたのだ。

そうなるとマスメディアもさわかみファンドを放っておけなくなる。さわかみ教と言われ世間から煙たい目で見られていた存在に対し、マネー誌などが擦り寄るように変節した。伴って、掲示板の勢いが萎(しぼ)んでいくようだった。

「たかがＩＴバブルが崩壊しただけなのにな。本当にすごいのはウチじゃなく、初期の頃から応援してくれているファンド仲間のはずなのに……」

龍は心の中でそう呟いた。

そして、信者と呼ばれ世間から蔑まれているファンド仲間に報いたいと目標を探し始めた。

来店

さわかみ投信で働き始めた龍は、アナリストとは名ばかりの使い走りだった。毎朝の仕事は、先輩アナリストから奪ったお茶汲みから始まる。

全社員の湯飲みを満たすためには、急須を五回転させる必要がある。その間に茶葉は使いものにならなくなる。その交換を一区切りとし、お盆に載せたお茶を全社員に配って歩く。

「許さん、使い終わった茶葉はどこに捨てればいいですか?」

一度目の巡回は社長の澤上や田子などオフィス奥の窓側を占領する業務管理部を中心に、そして淹れ替えた後の二回目の茶葉は、会議室横の運用調査部向けといった具合だった。皆、ありがとうと一言を添えてお茶を受け取る。

急須を洗い終えた龍が次に取り組むのがファンド仲間からの電話応対である。よくもまあこんな新人を電話に出させるものだとも思ったが、そうも言っていられないくらい電話はひっきりなしに鳴っていた。

救われたのは、ファンド仲間からの電話はすべて、さわかみファンドの購入の連絡だったことだ。顧客番号と氏名、購入金額を確認するだけの難しい内容ではない。

また、龍の席はオフィス入口の一番手前にあったため、人材採用関連やエアコンの掃除など日々訪れてくる営業マンへの対応も任されていたようなものだった。

ドキドキしながら執務スペースを窺う女性は保険の勧誘だ。大声で元気さをアピールする営業マンはコピー機の販売やリースの契約を取りに来たのだろう。彼らに一律「間に合っています」と言葉を返した。

それらの任務をこなしつつ、並行して企業調査に励む。

ある日、三十代前半と思われる男性が来社した。私服姿から営業マンでないことは分かった。見ると、長いものを包んだ革製の黒い袋を持っている。

「すみません……さわかみファンドの口座開設に伺ったのですが」

龍は周りを見回した。が、目の前の業務に集中する社員の姿に、代わりをお願いしますとは言えない。

これが龍にとって初の来店顧客の対応となった。入社して十日ほど経った日のことだ。

「本日はどのようなご用件でしょうか」

得意とするお茶を出し、内面の不安を隠すために笑顔で当たり前の一言目を発した。

「さわかみファンドに興味があって来ました。今日は口座開設と、あと何点か教えていただきたいことがあります」

記入を終えた書類と運転免許証を業務管理部の田子のところに持って行き、口座開設手続きを進めている間に、龍は教えてほしいという何点かの質問に答えることとなった。

「知人から、さわかみファンドが良いと聞きました。私は投資はまったくの未経験でして……恥ずかしながら、どこで買えるのか教えてください」

日本にはさわかみファンド以外に投資信託の直接販売はない。口座開設はさわかみ投信で直接することは知っても、その後の買い方が分からないと言うのだ。

龍は用意した資料セットを指差しながら、ファンドの買い方や売り方、また定期定額購入サービスについてなるべく分かりやすく説明した。

「なるほど、だから直接販売なのですね。この後、証券会社に行かなきゃいけないと思っていました」

「ご面倒ですが、ご購入のお振り込みをされる度に、お電話でご連絡いただかなければならないのですよ。同姓同名のファンド仲間の方も多くいらっしゃいます。どなたからのお振り込みなのか、お電話で照合する必要があるのです。その点、定期定額購入サービスは毎月自動的にお買い付けできますのでお薦めです。事前にご契約いただきますので、お電話でのご連絡も不要となります。それと……少なくとも銀行の振込手数料の分だけはお得です！」

笑顔でそう答えた。

余談だが、連絡のない振り込みも頻繁にあり、その後処理は非常に大変だった。

同姓同名のファンド仲間がいなければ購入希望者が誰なのかすぐに予想ができる。

「次はお電話でのご連絡をお願いしますね」と伝えて照合は終わりだ。しかし同姓同名がいる場合、一人ひとりに電話をして確認しなければならない。

「本日、さわかみファンドご購入のお振り込みをされましたか？」

「していない」と言われれば次の対象者に電話をかける。「した」と言われても、それが本当なのかを確認する必要がある。振込金額が合致するか、念のため他の同姓同名者にも電話をするか……もちろん電話に出ない場合もあるし、妻の名義で振り込んでしまったという落とし穴もあった。

龍の初めての来店対応の話に戻す。

「それと、えーと、基準価額ですか。これはさわかみファンドの株価のようなものですよね」

「はい、そうです」

「株式は買いたい価格で注文を出せると思うのですが、さわかみファンドも同じでしょうか」

「いえ、さわかみファンドの場合は、翌営業日の基準価額でご購入するかたちとなります。例えば本日お買い付けのお申し込みをいただきましたら、明日の夕方に出る基準価額がお客様のお買い付けの価格となるのです」

「どうやって基準価額は決まるのですか」

「さわかみファンドで投資している企業の株価などの動きで基準価額が決まります」

「どういう計算ですか、それとなぜ翌日なんですか？」

「それは……」

答えに苦しんだ龍は後ほど確認するとしてお茶を濁し、男性の持っていた黒く細長い革の袋に助けを求めた。話題をつくらなければ乗り切れない。

「お客様は剣道をなされるのですか。私も中学生の時に剣道をしていた経験があります。夏の時期は防具、特に小手が臭って大変でした」

「そうですか。私は面が苦手です。りゅうさん……て呼んでいいのですよね。りゅうさんは今も剣道を続けているのですか？」

渡した名刺にちらっと目を落とし、剣道話が続いていく。

「あ、りゅうと書いてりょうと読みます。父が坂本龍馬好きでして、そこから貰った名前なのです」

「それは失礼しました」

「いえ、りょうと読む方が珍しいので……ちなみに私には弟が二人いるのですが、一人は晋といいます。やはり幕末の英雄の高杉晋作から貰った名なのです」

「なるほど」

「ところで剣道ですが、残念ながら中学生の時に骨折して、それ以降はやめてしまいました。部員が少なく、怪我が治った頃には廃部となっておりまして」

むしろ、男性の方が龍に話を合わせてくれた。

そうした、男性にとって無意味な時間に終止符を打ったのが口座開設手続きを終え会議室に入ってきた田子だった。

「お待たせいたしました。こちらで口座開設のお手続きが完了しておりますので、ご確認ください」

書類を渡す田子に龍は、「先ほどのご質問、基準価額の計算についてもお願いします」とこっそり伝えた。

脇で小さくなって聞いている龍は、田子の口から出てくる専門用語が理解できなかった。しかし男性は納得したのか、「また剣道始められたらどうですか」と優しい言葉を残し、さわかみ投信のオフィスを後にした。

「田子さん、すみません。基本的なことを勉強していなくて」

「ああ、いいよ。ちょっと難しいもんな」

龍にとって初めての来客対応は、上司と竹刀に助けられるかたちで終わった。

「なぜウチの約定日は翌営業日の基準価額なんですか？」

龍はもう一つの疑問を解こうと、給湯室でお茶を啜っている多根に声をかけた。

「それはあれだよ。今日の基準価額でのお買い付けだと、ファンド仲間の皆さんがバタバタと相場に流されてしまうからだよ。だから一呼吸置いてもらうために、翌営業日の基準価額としているんだ」

「なるほど、そういう理由なんですね」

夕方、トイレで横に立った澤上にも同じ質問をしてみた。

「ウチはいずれ海外にも投資するだろ。そうしたらどうなる。向こうの株価がつくのは翌日だ。日本は一日の最初、米国が最後。地球はそう動いている。だから世界が一日を終えるまで待たないとダメだろ」

合点がいった。

「お前、それくらい勉強しておけ」とのダメ出しを喰らったが、龍にとって一連のやり取りは次の来店対応への大いなる自信となった。

消えた葛藤

さわかみ投信では月に二回、月中と月末に報告書を発行する。ファンド仲間に送るせっかくの報告書だ、封筒に普通切手では味気ないだろうと彩り豊かな記念切手を貼っていた。無論、記念切手の調達も龍の大切な仕事だ。しかしその調達が簡単ではない。

日に日に増えるファンド仲間の数だけ、毎回不足なく切手を買い求めなければならなかった。郵便局もそれほど売れるとは考えておらず、また当然のことだが、さわかみ投信のためだけに記念切手を取り扱っているわけでもない。

切手購入を仰せつかった龍は、麴町から市谷、そして四谷あたりを渡り歩き、オフィス近郊にあるすべての郵便局の記念切手を売り切れ状態にさせたのだった。

いつものように大量の切手が入った紙袋を手にオフィスに戻った龍は、年下のインターン生に声をかけられた。学生だが、今のうちから社会を学ばせておきたいという両親の想いで、たまたま知り合いだった澤上にインターンの受け入れを直談判したのだ。澤上も是非もないと願いを受け、そんな学生をアナリスト見習いとして採用した。

「龍さん、何を持っているんですか？」

「ああ、記念切手だよ。事前に切手の購入量を伝えておいたんだけど、そうしたら麹町の海事ビルの郵便局だけで揃えてくれるようになったんだ」

「へー」

「それとすごいんだ。ほら、切手が百枚単位の小分けになっているだろ。大量に買ってくれるからって、シートから一枚ずつ切り離してくれたんだ。郵便局はこんなこともやるんだね」

龍はどんな仕事でもやってやろうと意気込んでいた。それが、まだ社会人として、更にはアナリストとしても未熟な自身の価値を上げていくための最善の方法だと認識していたのだ。

「それってアナリストの仕事じゃないですよね。パシリの仕事ですよね」

この言葉に周囲の先輩社員たちが笑う。


アナリストは企業や産業を分析する専門家である。プライドが邪魔をするのか、多くのアナリストまたはそれを自任する人間は調査業務以外の仕事をやりたがらない。もちろん分析を主業務に高額報酬を貰うアナリストが、調査業務以外の雑務をしていたら客も困るだろう。それが世間の一般的なアナリスト像だった。

アナリスト面をして新聞ばかり読んでいる学生身分が偉そうに……周りの先輩たちも何を笑っているんだ。

龍は喧嘩早い性格だが、その時は怒り以上に激しい虚しさを感じた。そして丸二日間はかかる報告書の印刷業務に取り掛かろうと、社員たちが囲むテーブルを後にした。

「あれって社長の息子さんでしょ」

「澤上さんもやっちゃったね。御曹司を会社に入れたらおしまいだよ」

外に出ればよく耳にするフレーズで龍は聞き飽きていた。しかしまさか、社内のしかも仲間からも馬鹿にされるとは考えてもいなかった。

「龍ちゃんはもしかしたら切手の調達とか、そっち専門の仕事の方が実入りが良いんじゃない？」

皆がまた笑う。龍の給与は月八万円だった。

さわかみ投信では急激なファンド仲間の増加に対応するため、経営資源のほとんどを顧客業務関連の経費に割いていた。したがって文房具など身の回りの物はおろか、アナリストが分析に必要とする企業の有価証券報告書の購入も、工場見学のための交通費も自腹を求められた。

「財務諸表は手で書け」

それが澤上の言いつけだ。情報ベンダーによるサービス利用は全面的に禁止。皆の消しゴムのカスで机や床が掃除するそばから汚れる始末だった。

「手で書いたものは忘れないだろ」と澤上は言っていたが、その実、あらゆる費用負担に耐えられない経営状態を澤上が隠していたことが後に判明する。社員を不安にさせないよう、社長たる者は常に毅然としていなければならない。龍の給与額についても、所得税などが課されないギリギリの水準で収めていたのだろう。

仕事にも次第に慣れ、郵便局に担当者を持てるようになった龍は定例の買い出しに向かった。入社から三ヶ月が過ぎた夏の暑い日のことだ。

その往路で、さわかみ投信の話をするスーツ姿の男性二人とすれ違った。上着を小脇に抱え、ビル陰で暑さをしのぎながらおしゃべりを楽しんでいる。くたびれた鞄を地面に置き、代わりに手にした缶コーヒーで水分を補給しているのだ。どこかの証券会社の社員だろう。話している内容で分かる。

「あ、今のが七光りですか」

「あいつ、いつか何かやらかすぞ」

会話の音量調節をしてくれたのか、おかげで龍の耳にもしっかり届いた。

「学生時代に幾種類もの仕事をこなしたと吹聴しているらしいが、そんなものが役に立つのか」

「大した学歴もないのに、よくアナリストなんて名乗っていられるな」

「ま、それが七光りの特権だろう」

息子への中傷は澤上の耳にも入っていたはずだが、澤上は社長として、そして父としても龍に声をかけなかった。ただ、仕事に励めとしか言わない。

立場がそうであればどこに行っても虐められるものだ。ただ切手を買いに行くだけでもやれパシリだ、やれ何かやらかすぞと言われる。それが偉大な親を持ち、そしてその会社に飛び込んでしまった息子の宿命なのだ。

ホンダの創業者である宗一郎氏は息子を自社に入れなかった。

「英断だな」

龍は納得した。

おおよそ一人で業務全般の質問に答えられるようになり、会社のこと、そして傍らで続けたアナリスト業務のことなど、龍は少しずつ理解を深めていた。しかし努力する度に悪口の数も増えていく。

「雑用も完璧にこなしているのにな」

人間性を正すことが嫌味を回避する最善の策だろうに、自身の言動や振る舞いが生意気だということを忘れ、むしろ龍は角をどんどん尖(とが)らせる。

「頑張れば頑張っただけ嫌な気持ちになる。なぜだろう」

歩きながら悩んでみたが、解決策など見当たらない。時間の無駄だ……龍はおしゃべりを続ける二人のサラリーマンから逃げるように郵便局に急いだ。

「龍さんって、社長の息子さんなんですよね？」

担当者から切手を受け取り、封筒からはみ出るほどの一万円札の束を渡した時の会話だ。

「ええ、まあ」

「すごいですね。色々と気苦労があるでしょうが応援しますよ」

「ありがとうございます」

龍の顔に笑みは浮かばない。励ましの常套句だ、聞き飽きている。

「しかし、注目されるって本当に大変ですね。僕だったら耐えられませんよ」

その瞬間、龍の脳裏に閃光が走った。

そうか！

何もしなくても他人の三倍は悪く言われるならば、良いことをすれば三倍の評価が返ってくるじゃないか。

二回目の「ありがとうございます！」は、満面の笑みで答えた。

抱えていた虚しさが一気に吹き飛んだ。そしてその穴を埋めるように仕事への猛烈なモチベーションが生まれたのだ。龍はオフィスへの帰り道を猛ダッシュで走った。

よし、明日から誰よりも早く出社しよう。そして誰よりも遅くまで仕事をしてやろう。のんびりと成長していてもダメだ。圧倒的な速度で駆け上がらなければならない。すべてやってやる。すべての仕事を完璧以上にこなしてやる。もう七光りなどと言わせない。絶対に見返してやるんだ。

龍はその日から、誰の目から見ても分かるほどに仕事に打ち込んだ。

翌年入社してくるある男の存在が、その後の龍の勢いに更なる油を注ぐことになる
……だが、その男の前に、別の人間について触れておかなければならない。

半分の弁当

ＩＴバブルの崩壊を回避し、長期投資の真価を発揮し始めたさわかみ投信は、送った書類の八割以上が戻るという嬉しい悲鳴の中にいた。雑誌、日経マネーでの特集が世間の背中を押し、大量の資料発送、そして大量の口座開設書類への対応に追われていたのだ。

さわかみ投信で最も忙しい仕事が口座開設事務だった。何しろ一台のコンピュータ端末ですべての新ファンド仲間の情報を入力しなければならない。せっかく書類が届いても、口座開設まで二週間以上も待たせてしまう始末だ。その重大な任務を預かっていた田中理恵のデスクの脇には、子どもの背丈ほども積み上がった書類の山が三人分、不動の存在としてそびえ立っていた。

「大変だろうが丁寧にこなせよ」

田子の言葉に無言で仕事に取り組む田中は少し疲れていた。元来、田中は活発に立ち回る性格ではなく、またさわかみ投信に多く見られる自己顕示欲の強いタイプでもない。むしろ裏方を務めるのを得意とし、鍼治療に通いつつ自身の体調を気遣う大人しい人間だった。

そんな田中も人に頼られるのは嫌ではない。疲れた顔を隠し、積まれ続ける山を崩しながら黙々と入力作業を続けた。

ファンド仲間数九千名超えが見えた頃、エーシーテックの担当者が青くなって飛んで来た。

「大変申し上げ難いのですが、納入したアプリケーションは五桁に対応していないので……」

エーシーテック曰く、口座数一万件の管理は無理だというのだ。

「まさかこんなに早く成長されるなど想定しておりませんでした」と、正直に恐れ入る担当者に対し、澤上は苛立つでもなく、ただ次の言葉を待った。

「バージョンアップをご検討いただけないでしょうか？」

「どれくらいの費用がかかるだろうか」

澤上は前向きに見積もりを仰ぐ。

「まず三千五百万円をお預かりし、その後は……やってみないと分かりません」

その答えに澤上が噛みつく。

「分からないって困りますよ。概算でも良いから言ってください」

「開発費と合わせて一億円程度でしょうか。実際にやってみないことには何とも言えませんが」

澤上は目を剝いた。そんな金はない、そして今後も開発の度に億単位の金をダラダラと出し続けられない。

「検討してみるが、かなり厳しいと思う」

そうエーシーテックの担当者を追い返すように言った。

瞬間も悩むことなく、澤上は開発業者の言い成りになる選択肢を捨て得意の自前主義に走った。

「確か、あいつが東京に来ているな。田子、連絡を取ってくれ」

澤上が山口大学の夏季集中講義の講師を務めていた頃の大学院生に、熊谷智宏という人物がいた。院生時にさわかみ投信にインターンに来た経験を持ち、今は東京のどこかでシステム関連の仕事をしているはずだ。

「熊谷、ウチはシンプルな業務運営を行っている。分かるだろ、一本のファンドを直接ファンド仲間の皆様にお届けしているだけだ。口座開設から日々の売買、ただそれだけの仕事だ」

「はあ」

「今後、ファンド仲間数は何十万件と増えていくから、容量だけ気にしてくれれば良いんだ。お前だったらつくれるだろ、そんなシステムを」

「それだけですか？」

「何台ものコンピュータから随時ファンド仲間の皆様の情報を入力できる仕様にしてくれ。今は一台でやってるから非常に効率が悪い」

「……何とかなると思います」

「じゃ、頼むぞ」

お互い即断即決だった。

熊谷個人に対し、複数のコンピュータをネットワーク化し、入力から顧客口座管理全般までマルチ対応できるようなシステムの開発を依頼した。それがさわかみ投信独自の顧客口座管理システム、ＳＣＳである。さわかみクライアントシステムの略称だ。

二〇〇一年七月の導入となったＳＣＳによって、さわかみ投信の業務管理部は口座開設から入出金事務まで複数の人間が同時並行して処理できる体制になった。

これで業務管理部のみならず会社全体が一息ついた。それまで一手に引き受けていた田中は少し寂しそうな顔を見せていたが。

ＳＣＳはその後も様々な問題が発生する度に改良されていった。マイナーな変更にはいくらでも対処できるが、止まるところを知らないファンド仲間の増加を見れば、システム全体を更に骨太のものにする必要性は誰もが感じていた。そこで熊谷の高校時代からの友人で、山口信用金庫に勤めていた原直也をヘッドハントした。

住む場所も決めず東京に来た原を、澤上はしばらくの間自宅に泊まらせた。そこで龍も交え将来の夢を語った。

熊谷の顔が青白く線が非常に細かったため、龍は半ば強引に原を道連れに筋トレを勧めた。原に筋トレは不要だったが、それでも黙々とこなす姿に、傍らで見ていた澤上は安心感を抱いただろう。何にでも興味を持ち、淡々としかし積極的にこなす原は、二〇〇二年四月にさわかみ投信に正式に転職した。

時間を少し戻す。

さわかみ投信は運用会社でありながら、自ら販売も行う直販投信である。アナリストといっても朝は大量に届くファンド仲間からの郵便物の開封に始まり、日中も電話対応をしながら調査業務をこなしていた。それでも日々のファンド仲間の増加は全社員に悲鳴を上げさせるに十分だった。

そのような社内を見た澤上は、状況打破の策をあれこれと練ったが容易に見つからない。ズバリ言えば、とにかく馬力と行動力に溢れる人間がほしいに尽きた。

投資運用を専らとするといっても、運用資金がなければお手上げである。ファンド仲間からの信頼があってこそ商売が成り立つのだ。そして今、これだけ世の中の関心と期待が集まってきている。それを受ける作業は理屈抜きの最優先事項だ。口先だけのお利口ちゃんは不要。まずは手も足も心も死ぬほど動かす。グダグダ言わずやってやってやりまくるような作業現場でこそ根性のすわった人間になれる。何はともあれ鍛え甲斐のある人間がほしい。澤上にとって、そのような人材の獲得は策を超えて願いとなっていた。

その象徴たる人物が突然現れた。二〇〇一年三月二十六日、さわかみ投信に飛び込んできて即入社と相成った熊谷幹樹だ。

SCSを構築した初代熊谷に対し、大柄ではつらつとした新熊谷の存在感が大きかったからか、旧熊谷が自らの呼称を痩せ熊と変えた。

熊谷の社会人人生は入社初日の徹夜から始まった。

オーストラリアの大学への留学中に父親から『この3年が日本株の勝負どき』を読まされており、卒業前からさわかみ投信への入社を心に決めていたという。そんな熊谷は、それだけの想いを即座に仕事に注ぎ込み出したのだった。

「最近お前と幹樹がすごい勢いで会社を引っ張り出したと評判だぞ」

久しぶりに澤上の父としての顔を龍は見た。熊谷が入社して半月が経とうとする時のことだ。

龍の業務はパシリからアナリスト専業に昇格していた。一方で希望していたアナリストになれなかった熊谷は、田子の下でファンド仲間の取引台帳を毎日五時間以上かけ直筆で作成していた。

互いに与えられた仕事は違えど、龍は弟分の熊谷と常に一緒だった。オフィスに持ち込んだコンビニの朝食から始まり、安月給のためランチの弁当は半分に分け合った。体の大きな二人の腹が半分の弁当で満たされることはなかったが、遅くまで仕事をしていれば田子が出前のラーメンを食わせてくれることを知っている。黙々とご馳走の時間まで耐えた。

「おい、お前ら若いんだからしっかり食っておけよ」

「生憎、金欠でして……」

「いつものラーメンでいいか。俺が頼んでやるよ」

「ありがとうございます！」

そうやって毎晩同じ会話を繰り返した。

その後は終電に間に合うよう二人で市ケ谷駅まで走り、挙句の果てには龍の自宅近くで缶ビールを片手に将来を語る。

そのような生活がその後五年間は続く。その間に努力家の熊谷も念願のアナリスト職を得ることになる。

二〇〇一年春、熊谷の入社と重なるように、さわかみファンドはファンド資産額百億円、ファンド仲間は一万名を超えた。

一万名とは、助言契約では到底こなせないほどの顧客数だ。これが投資信託の爆発力であり、早くから動いた甲斐があったと澤上は報われた思いだった。

澤上は社内の勢いづくりを馬力ある龍、熊谷に任せ、一方で岡に責任を持たせるべく取締役兼二代目ファンドマネージャーに就任させた。二〇〇一年五月二十四日のことだった。

米国同時多発テロ

二〇〇一年九月十一日。龍は新宿駅南口にある道場近くの居酒屋で空手仲間と酒を飲んでいた。

龍が空手を始めたのは、金融とりわけファンドのことを学びたいと東京リートの山田社長が澤上を訪れたのがきっかけだ。その山田氏が極真会館のチャンピオン製造工場である東京城西支部長であり、「息子さん、体格良いのでぜひ入会しませんか」と誘われたのが始まりだ。

道着のプレゼントに魅かれた龍はすんなり入会を決め、空手を始めて一年が経過した頃に道場仲間での初の飲み会が開かれたのだった。

飲み会を仕切る山辺先輩は極真会館二段の腕前で拳が大きく体格も良い。弟子たちに優しく、荒い言葉を遣わないために人気があった。

「先日の昇段審査はお疲れさまでした。城西支部全体の審査会だったので、新宿道場以外にも多くの人たちが参加していました。皆も組手をして分かったと思いますが、人の数だけ組み方もあります。普段、道場でやっているイメージトレーニングは鏡なしでもできますので、自宅でもしっかり行ってください。では、新宿道場に乾杯！」

それぞれがグラスを干した直後、「今日は早稲田大学同好会もいます！」と若手が自らの存在をアピールした。

「そうでした。早稲田大学同好会にも乾杯」

ビールから始まり、次第に日本酒に手を出し始めた体格の良い異様な雰囲気を放つ集団は、周囲に迷惑がかからない程度にはしゃいだ。

一軒目を終え、誰も帰ることなく二軒目に入った。

普段は親の仇のような顔で拳を交える間柄だが、格闘家同士は案外仲が良い。空手のこと、仕事のこと、恋愛のこと、そして人生のことなど思い思いに語り合っていた。

そんな矢先、若手の一人が突如騒ぎ出した。早稲田大学同好会の道場生だ。

「飛行機がビルに突っ込みました！」

どこから仕入れた情報だろうか、その叫び声に兄弟子たちの頭上に疑問符が浮かぶ。

「は？」

「何を言ってんの？」

「よく分かりません。でも、でも、ビルから煙が！」

いまいち理解できない空手仲間二十余名が携帯電話のニュース配信を見守る中、次の飛行機がビルに激突した。

「何が起こっているんだ？」

皆の体内からアルコールが飛んだ。

日本が月明かりに染まる頃、米国ではいつもの朝を迎えていたことだろう。

その朝、ボストンを飛び立ったアメリカン航空１１便は急遽目的地を変更しニューヨークに向かった。そしてそのままマンハッタンにある世界貿易センタービルの北棟に突っ込み爆発したのだ。

惨劇だった。

更に一機、ユナイテッド航空175便が少し遅れてツインタワーの南棟に激突した。

他に二機、米国国防総省を襲った機、ワシントンDCを狙うも失敗し墜落した機があった。

乗員乗客、ビルにいた民間人他三千名強の命を奪う史上最悪のハイジャック自爆テロだった。


翌朝、さわかみ投信では株式等への発注端末を前に澤上が号令を出した。

「お前ら、今すぐ買いたい企業を俺のところに言いに来い！」

十名近いアナリストが澤上の前に列をなした。澤上は右手でメモを取りながら左手で計算機を叩く。

「被害にあった方々は本当に気の毒だと思う。最悪の事件だ。しかし生き残った人たちの生活が消えたわけではない。彼らが立ち直るには、テロで失われた多くのコンピュータ、什器、その他様々なものが必要だ。それらをつくっている企業を徹底的に買うことで我々が暴落を支えるんだ！」

社内は興奮の中にあった。

次から次へとアナリストが自身の推奨企業を澤上に伝える。僅かな時間の中で投資判断を下し続けるさわかみ投信の運用調査部は、米国の惨劇現場で生存者を必死に捜す勇者たちと共に、同じ未来に向けて戦っているような気分だった。

午前中の徹底的な買い仕込みの後、午後もやはり澤上によって皆がテレビの前に集められた。アナリストだけでなく、今度は全社員だ。

ちょっとした作業を行うテーブルには二十八インチのテレビが置かれていた。サッカー好きの田子が、翌年に開催予定の日韓ワールドカップを観ようと持ってきたものだろうか。

「これから小泉純一郎首相がテレビでコメントするようだ。皆、我が国の国家元首の反応をしっかりと見ておけ」

さわかみ投信の激動の一日が終わった。

翌日、龍は熊谷といつものランチに出た。十二時半を過ぎると余った食材がすべて五百二十五円で食べ放題となる素晴らしい居酒屋を発見していたのだ。オフィスからは歩いて十五分かかったが、二人は値段の安さと腹一杯好きなものを食べられるという理由から、四谷はしんみち通りにある赤札屋に通い続けた。

「米国は戦争しますかね？」

「どうだろう。ウチの社長は武器弾薬にも消費期限があるから、それもあってブッシュ大統領は攻め込むんじゃないかって言ってたね」

「それも嫌な話ですよね。戦争とかやめてほしい」

「そうだな。我々が言っても米国の判断は変わらないだろうから、ここは冷静に次の世に必要とされる企業を探すしかないか」

「そうですね。ま、何にせよ悲しいですね」

いつもは明るい二人も、遠い国で起こった事件に言葉少なになっていた。

九月二十五日、報復論が米国内で溢れる中、新聞に匿名でメッセージを出した人物がいた。亡きジョン・レノンの妻ヨーコ氏だ。

Imagine all the people. Living life in peace.

かの有名なイマジンの歌詞の一部だ。

その一文が報復熱を一旦冷まし、戦争論に加担する民意は半減したのだった。しかし結果的に戦争を止めるには至らなかった。

You may say I'm a dreamer. But I'm not the only one. I hope someday you'll join us. And the world will live as one.

ジョンの柔らかい歌声はピアノの伴奏と共に終わる。

一九八〇年にダコタ・ハウスの自宅前で五発の凶弾に倒れた平和主義者は、母国でないアメリカの地でこの情景を天上からどう見ていたのだろう。


この大惨事が一つの節目となり、株価は世界的に暴落の一途を辿った。ＩＴバブルで盛り上がりを見せた幻想は、米国同時多発テロという悲惨な現実によって幕を閉じることになったのだった。

そのような世界の激動の最中もさわかみ投信はファンド仲間数を伸ばし、二〇〇一年が終わる頃にはファンド資産額二百六十三億円、ファンド仲間は二万七千名を超えるまでに育っていた。

一年の最終営業日は前場だけの取引だ。さわかみ投信は午前の市場取引を終え、基準価額の算出を急ぎつつも余った午後の時間を大掃除に費やす。

そしていつもより早い時間にファンド仲間への報告書を発送し、そこから大納会、つまり大忘年会がスタートする。

大納会は深夜まで続いた。しかしそれでも足りないと、一本締めをした後に残ったメンバーで澤上の自宅へ直行。若手を中心としたいつもの十名程度だ。

澤上の自宅に到着した面々は、そこから朝まで大宴会を続け、気がつけば澤上家の屋根裏部屋で雑魚寝をしていた。

そして大晦日の昼頃に目が覚め、二〇〇二年も良い年にしましょうと言い合って散会となった。

格別な日々

さわかみ投信は、毎月二回の報告書の発送を一九九九年のさわかみファンドの設定以来欠かさず続けている。数枚の紙の両面にびっしりと文字や数字を印刷した報告書は、どこを触っても手が黒くなってしまうほどだった。

さわかみファンドが始まった当初は、本棚と茶器の入ったキャビネットの隙間に設置された一台の印刷機で丸二日間かけレポートを刷っていた。そして発送当日に、重ねたレポートを太目のマーカーの腹で三つ折りにし、事前に記念切手を貼っておいた封筒に押し込み丁寧に封緘していた。

作業は明け方まで続く。大量の封書は一つのポストに入り切らないため、数名で手分けして麴町や四谷、市谷のポストに投函すべく白み始めた空の下を走った。最悪なのは雨の日である。紙袋にぎっしり詰まった封書だ。紙袋が水分と封書の重みに耐えきれず、交差点の真ん中でバサッとやってしまうこともあった。

それがこの頃にもなると印刷機は数台、そして紙折機など機械の充実が図られていた。発送作業場所も澤上の自宅近くに移し、一部の社員を除きほぼ総出で夕方前に工場と呼ばれる現場に向かった。しかし、いかに作業速度が革命的に上がったとしても、一通ずつ想いを込め丁寧に封緘することは怠らない。

皆様のさわかみファンドは、今月も無事に月末を迎えることができました。そしてこのような企業に投資をし、明るい未来を夢見ています、と全員がこの発送の儀式を重く考えていた。

社員の腕も格段に上がっている。中には、封緘後の封筒を触っただけで、同封された報告書の枚数が足りないことを見抜ける人間もいた。

沖縄県の経済特区を利用し安くアウトソーシングができるなどといった勧誘もあったが、さわかみ投信ほど速く、かつ安く仕上げられるところは存在しないだろう。そんなことよりも運用に徹してくれとの声も聞こえてはいたが、月に二回の発送は単なる作業ではなくファンド仲間を感じる大切な時間だ。やめる気にはならなかった。

もちろん、報告書発送の後は澤上の自宅で発泡酒タイムが待っている。終電まで語る社員、そして終電を過ぎ明け方まで残る社員もあった。

社員たちが社長である澤上を置いていくほどに情熱的に語り合う。集中力と笑顔を絶やさずに励む龍、熊谷などの常連客に、澤上の妻である佐代子が朝飯代わりのサンドイッチやチーズを差し入れる。そんな時間を澤上は格別の想いで過ごしていた。


ある日、その報告書に対しファンド仲間からクレームが入った。記念切手の貼り方があまりにも杜撰だというのだ。一人や二人ではない、多数のクレームだった。

そんなわけがない。何にも代え難いファンド仲間との接点だ。いい加減なことなどするはずがない。調査の結果、珍事が起こっていたことが判明した。

記念切手は、たっぷりと水分を含んだスポンジに当ててから大量の封筒の上に乗せられていく。それをとてつもない速度で行うため、段ボール箱に詰めるまでに糊が乾かないのだ。作業スペースの確保は最重要課題、封筒を平積みしておけば起こらなかったことも、急ぐあまりに立てて並べたことによって、乾く前の切手が重力に耐えきれずに封筒の上を旅行していたのだ。

「何でこんな位置に切手を貼るのだ。いい加減ではないか」

笑い話とはいえ、受け取ったファンド仲間に対して言い訳にもならない。一旦乾くまで他へ移動させるという工程を加えることで事件は見事解決した。


「良品計画が若い人向けに家具を販売するそうです。どういう風に売れば良いと思いますか?」

龍は自分に向けられた質問だとは瞬時に理解できなかった。外資系金融機関でファンドマネージャーを務めた歌代洋子からの突然の問いかけである。

歌代は物静かな性格のように見え、内に熱いものを抱える金融業界ベテランの女性だ。食品や小売、医薬など最終消費者に近い業界を分析するのを得意とし、調査業務以外のことにも真剣に取り組む姿勢を見せた。言葉の端々からファンド仲間に対する尊敬や愛情のようなものが感じられる。

そんな歌代と龍の席は隣同士で、龍は歌代から時々不意打ちを喰らっていた。

「就職で上京してくる卒業生向けにアピールするとか……引っ越しやその他のことで

忙しい時期だと思うので、家具だけでなく身の回りの物をセットで展開すれば売れるんじゃないですか」

「なるほど」

「統一感を持ったデザインなら喜ばれるかもしれませんね。シンプルなデザインは無印の得意とするところですし」

「そうですね。分かりました」

そんなやり取りを、アナリストになりたくて仕方のない熊谷が無駄に運用調査部のエリアに足を運んでは羨（うらや）ましそうに立ち聞きしていた。

「週末はサッカーの試合だ。勝つぞ」

「おー！」

さわかみ投信は若手社員中心、しかも体育会系を重んじる社風だ。負けるわけがない。社員と家族総出で太陽と土埃を楽しんだ。

日系の証券会社とのアクティビティは野球と日本酒と決まっていたが、外資系金融機関はサッカーとアイリッシュバーである。時々、社外の人たちとの交わりを楽しめるような余裕も出てきていた。

何より澤上の表情が明るい。株式市場はどん底だったが、むしろいずれ見直されるという期待感の中で割安で投資ができるのだ。

会社経営はまだ赤字の真っただ中だったが、社員には笑いと勢いがあった。さわかみ投信では、そのような活気ある日々が永遠に続くと誰もが信じていた。

第三章

忍耐

異議あり

「信託財産留保金について考えがある」

さわかみ投信では、十八時を目途（めど）に発泡酒が解禁される。誰かが声をかけるわけでもなく、当たり前のように発泡酒を持参した十数名が会議室に集まり、気がつけば澤上を囲んでの議論が始まるのだ。

独断専行の澤上も、その時間を利用して社員に意見を求めることが多くなっていた。

信託財産留保金とは、ファンドの解約時に売却代金の一定率を徴収する仕組みである。徴収するといっても、それは運用会社の懐（ふところ）に入る手数料とは違う。ファンドを売って離れていく受益者が、残る受益者に置いていく迷惑料のようなものだ。

さわかみファンドは信託財産留保金を一・五パーセントと設定している。例えばファンド資産から一万円分を引き出す場合、別途百五十円分が自動的に解約され、それがそのままファンド資産として残ったファンド仲間に還元されるというわけだ。

「一部解約の際は、留保金を免除したらどうだろうか」

澤上の突然の問いかけに反応する社員は多くなかった。なぜなら信託財産留保金がかかる事案、つまりファンド仲間からの解約がほとんどないからだ。

ファンド仲間が喜ぶならとの意見が多い中で、岡がやや興奮気味に反対意見を出す。

「皆には分からんかもしれへんけど、留保金は運用にとって非常に有効に働いているんや」

岡は関西出身ではなかったが、大阪の大学を出たこともあり、カジュアルな物言いの時には関西弁が混じる。

「もし機関投資家のような大口投資家がいたらどないや。彼らが短期目的でさわかみファンドを売買したら、まともな運用なんてできへんで」

「岡の考えはそのとおりだ。あいつらが自己都合でウチを短期売買したら、ウチはポートフォリオを崩して現金化しなければならん。そうするとどうなるか。せっかく安値で仕込んだ良い企業群も売却しなければならない。それじゃあ長期投資にならんだろ。いいか、さっさと解約するのは楽なものだ。しかし多くのファンド仲間の皆様が長期での財産づくりを楽しみにしている。短期投資家の都合でポートフォリオを壊されたらかなわん」

澤上には運用成績を出す自信があった。それを見て大口の機関投資家などが短期の売買を始めたらまともな長期投資などできやしない。とはいえ、さわかみファンドはオープン投資信託だから短期のトレーディング益狙いでファンドを売買するのも投資家の自由。大口投資家に短期の値ザヤ稼ぎの玩具にされるのを防ぐには、ある程度のペナルティを課すしかない。

実際、澤上の思惑どおり機関投資家などは信託財産留保金をコストと考え、さわかみファンドを敬遠した。

「社長、運用において留保金は生命線です。今のような下落相場ではファンドを売る方々もいないでしょうし、誰も免除の要望を挙げていらっしゃいません。無理して検討する必要はないと思うのですが」

「ファンド仲間の皆様に差し当たっての資金の入用が生じた時はどうする。さわかみファンドは始まってまだ三年経っていないし解約もほとんどない。しかしな、いずれはあり得る。そうなった時、何がなんでも留保金を徴収するというのは杓子定規過ぎるんじゃないか」

　ファンド資産額は三百億円近くになっており、小口の解約であればポートフォリオを傷めることもないだろうというのが澤上の考えだった。

　澤上の発言に対し表面的な論理が入り込む余地はなくなっていた。先の先まで見越して構想を組み立てていく澤上の頭脳に、一般社員は追いついていけない。

　澤上がやりたいと言ったらそれで決まりだ。次は信託財産留保金免除となる解約額をいくらにするかで議論となった。

「分かりやすく百万円はどうだ」

「いえ、差し当たっての引き出しであれば五十万円で十分かと思われます」

　顧客業務を預かる田子の意見だ。澤上は田子を全面的に信頼していた。

「よし、それでいこう。もし百万円の引き出しが必要なら、二日に分けていただければ済むものな」

二〇〇二年三月、一回の解約で五十万円以下の引き出しであれば信託財産留保金を免除するという規定に信託約款を変更した。

信託約款の変更はファンド仲間との契約上重大な変更となる。したがって全ファンド仲間に向け異議申立期間を設定しなければならない。

変更に異議のある方はその旨を弊社にお知らせください、という内容の手紙をすべてのファンド仲間に発送し、その反応を待った。

ファンド仲間にとって有利な約款変更だ。普通に考えれば反対意見など出ない。しかし澤上は、心の奥底でこの異議申立期間を楽しみにしていた。

結果、一名のファンド仲間が異議を唱えてきた。その一名を除くすべてのファンド仲間が、ちょっとした入用時の引き出しで信託財産留保金を免除されるのは大助かりと異議の反応を見せなかったため、部分免除の変更は可決となった。

異議あり、の票を投じたその一名は、長期保有型の投資信託の構造を良く理解していた。

「本格的な長期投資を実行し続けるためには、受益者がその方針を理解していないといけない。信託財産留保金は、方針を理解しない投資家へのブロックとして有効である。それをわざわざ崩してしまったら、さわかみファンドの良さが消えてしまう可能性がある」

異議ありと書かれた葉書には、そのようなコメントも添えられていた。

さわかみ投信社員一同は、その一名のファンド仲間のさわかみ投信の良さというコメントを受け、信託財産留保金というペナルティがなくてもファンド仲間との信頼関係、そして強固な運用体制を構築し、さわかみファンドを守り抜こうと誓い合った。併せて、異議を申し立ててくれたその一名に心の中で感謝を述べた。

信託財産留保金の部分免除を提案した張本人の澤上は不思議とニヤニヤしていた。社員たちが一名の異議申立者によって深層部分の理解を得ることを画策していたのではないかと龍は勘ぐった。または、信託財産留保金の免除はファンド仲間に解約を連想させる事象なのだが、現在のような低迷相場の中での実施によってタイミングを外しにいったのではないかとも考えた。いずれ免除をするのであれば、相場上昇時の解約ニーズが高まる時期ではなく、今こそが相応しい。

澤上は理念や志に生きる人間だったが、経営者として天の時を判断する才にも恵まれている。もしそうだとしたら……龍は恐ろしさを感じた。


そのような低迷相場の中、さわかみ投信は五年先に大きな上昇を見込める企業の調査を徹底的に進めていた。信託財産留保金部分免除という経営判断に関与しつつも、火曜日午後一時から実施される運用会議は毎週必ず来るのだ。

最前線の現場である運用会議では、アナリストそれぞれが調べた企業のことを報告、澤上が一つひとつに判断を下していく。そしてその判断に基づき、会議後に岡が株式の売買執行をしていくのがさわかみ投信の運用調査の流れだった。

運用会議の報告には順番があった。誰が決めたわけでもないが、自然とそうなっていた。

まずは入倉が担当する電子部品企業などの難しい話を披露する。入倉敬太は商社時代に中国でビジネスをしていた。それもあり、日本企業が中国に進出する際のあれこれについて造詣が深い。熊谷はそんな入倉を尊敬していた。

入倉の次は龍の番だ。環境や機械、自動車業界などの企業について報告する。そして晴れてアナリストとなった熊谷が強引に三番手を取る。しかし新米アナリストのため特定産業はまだ持たない。旅行業界や外食チェーン企業など好き勝手に調べていた。その後も複数のアナリストからの報告が続く。

「今週は特にありません」

そう発言するアナリストも時々いた。

「お前は一週間何をやってたんだ。報告することが何もないってのは死んでいたのも同然だ。今すぐ会議室から出ていけ」

澤上は鬼の形相を見せた。

さわかみ投信では二〇〇一年よりアクションシートというものを導入している。対象企業の三年先までの業績予想とそのロジックを一枚の紙にまとめたものだ。

澤上は、企業調査には推と論が必要だと常に言っていた。推測し、その過程を徹底的に論理で埋めるのだ。そしてその際、広く、深く、遠く考えろとつけ加えた。

運用会議の最終バッターは決まって平岡だった。平岡幸吉は化学業界出身で、現場にいたからこそ知り得る貴重な情報をさわかみ投信向けにアレンジして報告していた。その水準の高さから、澤上は平岡をアナリストチームのリーダーに据えていた。

企業への投資判断を下す時は、常にアクションシートの提出を求められた。しかしそうでない週でも、アナリストは毎週の報告から逃げられない。龍も熊谷も必死だった。

加えて金曜日には金曜勉強会がある。この頃には金曜勉強会はアナリスト公開勉強会と化しており、こちらも毎週のように発表を求められた。一日が二十四時間しかないことを恨んだものだ。

一週間で最も苦しい時間が金曜勉強会での発表直後だ。次は何を話そう……必死に調べたテーマを話し終わった後は虚無感しかない。それが月曜、火曜と過ぎていく間に発表テーマを見出せたものなら気が楽になる。

さわかみ投信で、特に若手として何でもやらされた龍と熊谷は、テーマ探し、調査、発表という鍛錬を延々と繰り返していた。

検査

さわかみ投信の口座開設書類一式が入った資料は、およそ十種類の紙や返信用封筒などで構成されている。一枚目は無論、澤上による挨拶文とボン・ボヤージュという締め文句だ。

翌日発送分の資料は夕方前に受付を締め切り、その後は会議室に全書類を並べ、社員がグルグルと会議テーブルを周りながら順々に資料を重ねていく作業となる。

スタート地点からちょうど会議テーブル半分のところがゴールで、拾い集めた具材となる資料一式を待ち構える別の社員に手渡し、封筒に詰めていく。

そして残りの半周が再開され、準備された封筒がすべてなくなるまでレースは続くのだ。

「原君、封筒に貼る宛名ラベルが足りなくなるかもしれない」

その日は何と、一日に八百名からの資料請求があった。先んじてプリンタにて宛名ラベルを印刷するのだが、そのラベルシールの在庫が足りない。原は近くの電器屋に走った。

「直、ご苦労さん」

田子にお釣りと領収書を渡した原は、買ってきたラベルシールに宛名を印刷していく。その間、会議室に八百名分の書類一式を積み上げ、かつてない量の資料づくりに終電を覚悟した社員が待機する。


八百件という未知なる領域の資料づくりも想定より早く終わり、封筒に収められたすべての資料が廊下に置かれた。そこで社員の一人が騒ぎ出した。

「僕の携帯電話が見当たりません！」

「まさか、資料の中に入れてしまった？」

「分かりません……」

ようやく終わった翌日の発送を待つ大量の資料の中を、全員で携帯電話の捜索を始める。

「お前、ファンド仲間に直接連絡したかったのか？」

龍が冷やかす。皆が笑い、良い雰囲気となった中で捜索活動が再開される。

「いったいどこにあるんだよ」

「本当に資料の中に入れてしまったのか？」

「分かりません……」

疲れもあり、次第に雰囲気は悪くなる。

「電話すればすぐ見つかるんじゃない？」

「原君、そういうのは早く言えよ」

冷静な原の助言に光を見出し、原始的な捜索活動は一旦停止、皆が一本の電話に願いをかける。

呼出音を頼りに、目的の封筒が無事見つかった。封入の際にどうやったら携帯電話が混ざるのか……まさかと思って捜索したものの、現実に音を発する封筒が見つかった時には全社員が感心に近い不思議な表情を見せた。

「お前も必死に作業していたんだろ。ま、見つかって良かったな」

そう言いながら、澤上が自ら発泡酒の段ボールを抱えて会議室に戻って来た。

「明日、この大量の資料を発送する。これだけの方が興味を持ってくださっているんだ。本当にありがたいな」


翌朝、資料発送の時間を待たずして事件が起こった。

「ただ今から検査に入ります。机の上の書類、引き出しの中も一切触れないでください。コンピュータの操作も禁止します」

二〇〇二年五月、朝九時という最も仕事に集中すべき時間の突然の宣言だった。検査命令書を手にした男たちがオフィスに現れた。関東財務局による検査が入ったのだ。

さわかみ投信では一九九九年末に投資助言業は終了していたが、過去の業務状況を確認すべく検査となった。併せて投資信託や一任業務の運営ならびに管理状況を確認するという。会社への立入り検査は初めてだったため、社内に緊張が走った。

「これに関する書類を見せてください」

「その引き出しには何が入っているのですか?」

「あそこにある金庫を開けてください」

「ん、このメモは何ですか？」

五名の検査官から次々と指示や質問が飛んでくる。

検査は社員にも及ぶ。

組織図と社員名簿などをベースに個々の社員を呼び出しては質問を繰り返し、澤上の発言との矛盾を探す。また社員にヒヤリングすることで、業務自体の適正性を細かく見ているのだ。ノートも何もかも没収、記載事項が不明と思われたら、それが落書きであろうが即呼び出しがかかる。徹底的なチェックだった。

検査は着々と進んでいった。つまり通常業務は必要最低限のみ許され、それ以外の時間すべてを検査対応に割かれたということだ。

「クソ！」

仕事のペースが大幅に落ちる。一日の大半の時間を検査で削られたが、文句を言っても仕方がない。澤上は観念した。

検査官は数日間滞在し、最後に社長面談をして帰っていった。初めての立入り検査に動揺したが、滞りなく終わり皆でホッと息をついた。

さわかみ投資顧問時代に、澤上は関東財務局から四度の呼び出しを受けていた。その都度、仕事の内容や手順をあれこれ質問された。あまりに呼び出しが頻繁で、しかも質問が糾弾に近い。

頭にきた澤上は言ってやった。

「自分はここに座っているので皆さんウチの会社に行って調べてくださいよ。何度も同じことを聞くんだったら、直接お調べになったらどうですか」

「いや、そこまでしなくても。実は色々と投書を受け取っているので、一応は確認させてもらわないといけないのです」

聞くに、投書は助言相手である投資家顧客からのクレームといった類ではなく、金融業界からのようだった。助言業務を成功報酬でやっているのはさわかみ投資顧問だけだったこともあり、色々と詮索の投書が積み上がったのだろう。そうした経験もあり、今回の関東財務局の検査もどうせ投書まがいによるものだろうと澤上は想定した。

検査終了後、澤上は深夜まで書類整理や検査対応を頑張った田子や多根、村田を呼び出し、社内で発泡酒を出すだけの慰労の会を設けた。

「ご苦労だったな」

「いえ、何てことはありません」

田子が代表して謙遜する。

「俺たちの強みはファンド仲間の皆様のためのビジネスを徹底的に貫いていることだ。僅かでもウチの会社の儲けを優先してしまうと、何だかんだとやましいことも出てきかねない」

「本当にそうですね」

村田が頷く。

「ウチはおかしなことは何一つやってない。検査官にしても、見るなら徹底的に見てくれって感じだ」

だから経営は赤字なのだ……と赤字経営を威張っても仕方なかったが、愚痴の一つでも吐きたかったのだろうか、澤上は酒の勢いも手伝って饒舌だった。

「いいか、ウチはとにかくギブ、ギブ、ギブ、ギブ、とことんギブでいく。どこかでギブンとなったところで黒字も定着するはずだ」

「はい」

誰も異論を挟まない。

「社長、今回の件ですが、実際のところ業界からのやっかみみたいなのはあるのでしょうか？」

多根が聞いてはいけないことのように恐る恐る聞く。というのも、かつて澤上が「俺はいつか刺されるかもしれんな」と笑いながら言っていたことがあるからだ。

「ウチが上手くいくということは、既存の金融のやり方がダメだと証明することにつながるだろ」

目の上の瘤を取り除かんという動きがあってもおかしくないと言うのだ。澤上はあえて笑い飛ばしていたが、社員としては気が気ではなかった。

「やっかみはあるかもしれないが、ウチはまだ小さい。まったく相手にされていないってのが本当のところじゃないか」

多根の心配を取り除こうと澤上は笑ってみせる。

「だと良いのですが……」

多根は真面目であるがゆえにやや心配性だ。

事実、さわかみ投信に対し特別な嫌がらせなどはなかった。しかし弱みを見せればすぐにつけ込んでくるだろうと、澤上は一層の引き締めを三名に申し伝えた。

「今日はどうする……五二五？」

「たまにはマツコに行きましょうよ」

「そうするか」

龍と熊谷の暗号じみた会話だ。

金曜勉強会を終え、次のテーマを探さないといけない最も苦しい時間だ。二人とも少し瞑想の世界に浸りたかった。

五二五とは十二時半から五百二十五円で余った食材のすべてが食べ放題となるあの居酒屋だ。二人は毎日のように通っていた。特に、十二時に終わる金曜勉強会の後にちょうど良かった。

一方のマツコは、松屋とコーヒーの組み合わせである。五二五のように忙しない時間を過ごしたくない時、松屋の牛めしを食した後にゆっくりとコーヒーを楽しむ。連続して発表をこなしたその日の金曜勉強会の後はマツコの気分だった。

「ウチって外部の人との接点が少なくないですか？」

「確かに、あまりない」

「ウチにいると企業経営者とか金融業界でもすごい人に会えるのはありがたいのですが、例えば同じ二十代の人間が何を考えているのか知りたくないですか？」

「社外の二十代と接点あるの？」

「僕の大学時代の友人に聞いてみます。誰か面白い人たちを紹介してくれって」

「いいね。せっかくなので、原君とかウチの面々も連れて行こうよ。合コンとか言えば、すぐ動くだろうから」

「じゃあ、四対四くらいで激論交流会でもやりましょう。たまにはワインがいいかな」

「了解、楽しみだ」

火の車

「龍さんって給料いくらですか？」

熊谷が臆することなく率直に聞いてくる。

「最近十七万円に上がったよ。何で？」

龍も隠すことなく即答する。

「僕の周りの友人たちは初任給で二十万円近くも貰っています。その上、ボーナスもあれば有給休暇もあるそうです」

「あ、ウチもボーナスは一回出たことがあるよ。そうそう、その時の話が面白いんだ」

さわかみ投信の賞与は不定期だった。資金繰りと相談しての支払いだ。夏や冬などの約束などない。正確には創業以来一度だけ支給され、その後は冬に餅代として一人五万円を受け取っただけだった。

賞与は会議の場で突然発表された。

「今日はボーナスの話だ。皆、日々良く頑張ってくれている。ウチの経営は楽じゃないが、それでも一度は皆に報いたいと思いボーナスを決めた。これから一人ずつ発表する」

初のボーナスという嬉しい発表に、社員もかつてないほどの静寂さを確保する。金額が公表されることなど誰も気にしない。

「田子、三百五十億。岡、二百億……」

その内容に全社員がざわついた。

澤上の発表を遮るように野上が言う。

「社長、単位がおかしいです」

相変わらずのマイペースぶりだ。

「あ、ゴメンゴメン。運用でいつも億と言ってるから間違えたよ。訂正する」

「田子、三百五十万。岡、二百万……そして最後は龍、五十五万。以上だ」

最初の発表から大幅な減額となったが、それでも皆嬉しそうだった。賞与を貰ったということよりも、社員に報いようとする澤上の心に感謝した。

「そうなんですね。そのまま貰っていたら龍さん、五十五億円と大金持ちでしたね」

「会社は潰れただろうけどね」

オフィス近くのフロリダという定食屋で買った卵付き弁当を半分に分け、二人で笑った。給料日前で二人とも金欠だった。

「で、僕は思うのです。周りの友人がしっかり給料を貰っているのに対し、僕はこのままで良いのかと。給料が低いのが問題ではなく、社会人として情けないというか……」

「ま、仕方ない。いずれ増えるよ。それまでは我慢だ」

さわかみ投信のビジネスは順調だ。しかし度重なる先行投資が嵩み、資金繰りは火の車だった。澤上は経営難を社員に隠し、目の前のファンド仲間急増の対応に当たらせた。皆で資料発送をしている際、澤上は時折笑顔でおどけてみせる。

「これだけの資料だ。紙屋と郵便局が一番儲かるな。ウチも進出するか」

その雰囲気に社員たちも引き続きの奮闘を約束する。ただ、澤上は一人の時は誰が見ても分かるほどにピリピリしていた。

午前中に社員が絶対にやってはいけないことがある。社長の澤上に話しかけることだ。澤上は午前こそ集中すべしと、どこからか頼まれたコラムの執筆や、おそらく会社の資金繰りのことなどを考えていたのだろう。表情が険しい。仮に業務上の会話であったとしても、社員は小声で話すか、遠慮してオフィス外まで行かなくてはならなかった。私語など以ての外である。

社員全員がその不文律を良く理解しており、どうしても澤上と話して確認したいことがあれば、午前十時前後のチャンスを狙うしかなかった。澤上が一回目のトイレに立つ瞬間だ。虎視眈々と全社員がトイレタイムを狙った。

そんな中、ただ一人の社員だけは暗黙のルールを完全に無視し、澤上に話しかけては毎度怒鳴られていた。

「社長、お電話です」

熊谷と同じ年齢の堤則裕は元々レンタルサーバーの営業をしていたのだが、土曜勉強会に参加していた縁でさわかみ投信に入社した。入社当初こそ膨大な知識を披露し周りを驚かせたが、毎朝のように澤上の怒鳴り声を引き出すその鈍感さに切れ者という評判は消え、代わりにさわかみ投信の愛されキャラとなっていた。

「もしも」

昭和世代は電話に出る際もしもと言い、最後のしを発音しない。澤上は堤から回された電話に、「もしも」とやや怒鳴り気味で受話器を取った。そしてすぐに置いた。

「またお前か、堤！」

「だって業者さんの営業ですよ」

「お前はアホか。何から何まで俺につないだら、俺は仕事できんだろ」

「はい、すみませんでした」

堤はそうは言うものの、翌日また同じことを繰り返す。周囲にいる社員も既にその様子を笑えなくなっていた。

投資信託ビジネスの認可には純資産が一億円を割ってはならないという条件がある。ファンド仲間から預かるファンド資産も同じ純資産と呼ぶが、一億円の条件が課せられているのは会社における純資産のことだ。つまり、いくらファンド仲間からの入金が増加しても、会社経営で損失が出ていたら会社純資産は劣化してしまう。広く一般の資金を預かる金融機関の経営状況が盤石でなければならないという当たり前の条件だった。

三月末の本決算、そして九月末の中間決算は関東財務局経由で金融庁に報告しなければならない。決算書を見れば会社純資産が一億円を割っているのが一目瞭然だ。ということは投資信託ビジネスの認可基準に抵触してしまう。それはまずい。

そのためさわかみ投信では、投資信託ビジネスに参入する直前の一九九八年十一月と翌年二月の二度の増資で資本金を一億六千万円としたが、二〇〇〇年三月、二〇〇一年三月に続き同年九月、そして二〇〇二年三月と期末の定例行事のように増資を行っていた。既に資本金は二億三千五百万円となっている。

さわかみファンドの成長は止まらず、それに伴ってシステム開発費や口座開設資料の作成費などの出費がどんどん膨れ上がっていた。口座開設資料一つとっても、郵送費を入れると一部当たり千円を超す。毎月三千件から五千件近い資料請求があるため、それだけで月に数百万円が消えていくのだ。

一方で収入は年に一パーセントの信託報酬のみである。ファンド仲間がさわかみファンドを一万円分保有していたら、受け取る報酬は年に百円だ。報告書を一回送っただけで飛んでしまう。収入は後から信頼の蓄積に比例して大きくなると期待して、先行して出ていく資金への対応をしなければならない。資金繰りに苦しむのは、販売手数料を受け取らないノーロード型投資信託の宿命なのだ。

五月十六日、さわかみファンドの資産額が三百五十億円を突破。第一回小規模私募債の償還時期が到来した。

その日、澤上は借入金の依頼のため金融機関を走り回った二年前のことを思い出した。

二〇〇〇年春。

三度目の増資で二千万円を手にしたものの、それは一億円という純資産規制をクリアするためであって、日々の資金繰りを到底解消できるものではなかった。

そこで澤上は、唯一の取引銀行である第一勧業（現・みずほ）銀行の有楽町支店に打診した。

「澤上さん、御社のビジネスが順調なのはよく存じ上げております。ただ、会社設立時と増資で澤上さん個人へのご融資がかなり嵩んでいます。既に支店決済の枠を超え、そして本店決済も難しいと思われます」

「そうですか」

「澤上さん、信用保証協会を訪ねてみてはいかがですか」

メインバンクに勧められるまま、澤上は信用保証協会に足を運んだ。しかし答えは「一切受けられない」の一言だった。

一九八〇年代後半の過剰融資バブルの後遺症で、金融関連ビジネスは徹底的に締め付ける政策方向にあった。それで澤上は門前払いを喰らうことになったのだ。

その後も中小企業金融公庫、東京都の企業融資課などあちこちを回ったが、どこも「金融ビジネスに対してお金は貸せない」の一点張りだ。

「だったら私募債を発行するまでよ」

澤上の気持ちは自然と固まった。

四十九名以下の投資家に対する小規模の私募債ならば証券会社に頼らずとも自社で発行可能であり、三パーセント程度の引受手数料も一切かからない。通常の債券発行では引受証券会社が責任をもって売り切ってくれるが、その費用として引受手数料を要求される。どうせさわかみ投信の依頼など証券会社が引き受けてくれるわけがないだろうし、無理して頼んで借りをつくりたくないと澤上は考えたのだ。

「岡、私募債のシミュレーションをつくってくれ。ウチの社債を買ってくれる方々が投資妙味を感じてもらえるパターンをいくつか出せ」

検討した結果、さわかみ投信が発行する私募債には年四パーセントのクーポンをつけることに決まった。その金利だけでも十分に魅力があるだろうし、ついでに繰上償還条項もつけてやれということとなった。

さわかみファンドのファンド資産額が三百五十億円に到達した段階で、残りの利金をすべてつけて社債を繰上償還する。これだけの好条件を提示すれば、社債購入者も喜んでくれるだろうと澤上と岡は自信を持った。

予想どおり、さわかみ投信の第一回小規模私募債は発行から二週間を待たずして完売した。五十名ほどの投資家に案内したものの、返答が遅れた申込者には「すみません」と謝ることになった。さわかみファンドの急速な伸びを身近に感じている人に限定して募集したのがピタッとはまったのだ。

ともあれ、額面五百万円の私募債発行で二億四千五百万円の資金を調達できた。

「社長、やりましたね」と、岡が満面の笑みで寄ってくる。

「ああ、これで当分の運転資金は困らないだろう。それ以上に、今後の資金調達の目途が立ったのも大きいな」

そのような過去の出来事を思い出しながら澤上は叫んだ。

「償還時期が来たぞ」

澤上は岡を呼び出す。

「承知しております。いよいよファンド資産額三百五十億円を超えましたものね」

「残りの利金を合わせると金額はいくらになる?」

「すぐに計算します。五百万円の額面に百万円の利金が乗りますから……何と保有利回りは年率十六パーセントになってしまいます」

「それはすごい！」

一九九二年九月からの超低金利およびゼロ金利政策に舵を切った日本で、年十六パーセントの利回りは大きい。

「どうしましょうか。償還に伴って借り換えますか？」

急成長期にあるさわかみファンドだ。運転資金は厚く持っておきたい。

「第二回債、第三回債と出そう」

実際、繰上償還となる第一回債の保有者からも次を出してくれという要望が強かったため、第二回債と第三回債の抱き合わせ発行はあっという間に購入が決まった。

第二回債は年三・〇パーセントの利率で二億三千万円の発行。繰上償還となるファンド資産額は七百億円とした。第三回債は年四・〇パーセントの利率で一億五千五百万円の発行。繰上償還となるファンド資産額は一千億円である。

二本の社債で計三億八千五百万円の資金調達ができ、潤沢な運転資金を手に澤上は思い切った拡大経営を進めることとなる。

招かれざる客

資金繰りに片が付くと、澤上の心に多少の余裕が生まれ始めた。朝のピリピリした空気は相変わらずだったが、夕方ともなれば社内は和気藹々（あいあい）とした雰囲気に変わっている。

「社長、お電話です」

「またお前か、堤。何なんだ」

「どこかの信託銀行からお電話が入っています」

「どこかってどこだ」

「聞きとれませんでした」

いつもの朝が始まった。

「もしも」

「澤上さん、どうもご無沙汰しております」

「ああ、アンタか」

「その後、ファンドの方はいかがでしょうか？」

「おかげさまで順調だよ」

「私どももそう伺っております。大活躍のようですね」

「で、用件は？」

「この度、私どもの方でより良い条件で御社のファンドの受託業務ができないかと思いまして、そのご提案を差し上げたくお電話しました」

「アンタのところは過去にウチを断っただろ。会ってもくれなかったじゃないか」

「その節は大変失礼いたしました。しかし現在の御社のご活躍を拝見し、私ども全員一致でさわかみファンドの受託を頑張りたいと考えている次第です」

「おかしいだろ。最も助けてほしい時に手を差し伸べず、順調と分かったら擦り寄ってくる。ウチはな、信頼を最も大切に考えている。アンタのところをどうやって信頼すれば良いんだ」

二度と電話をかけてくるなという勢いで、澤上は受話器をガチャンと置いた。

クソッタレと怒り心頭の澤上だったが、笑顔でファンド仲間の電話に応える社員を見ることで、その怒りが次第に失せていった。

過去は過去、前を向いていくぞ。


さわかみファンドは順調そのものである。社員たちも多くのファンド仲間からの期待の声に、自らを褒めてもらえたような嬉しさに浸っていた。

そんな空気感から、もっと頑張ろうぜと生まれたのが有志勉強会だ。自然発生的に発泡酒を持参する会ではなく、事前にテーマを与えられる会だ。

平日のほぼ毎晩、何らかのテーマで澤上を筆頭に社員たちは語り合った。澤上は若い連中に交ざって盛り上がることが好きだった。

月曜日は業務改善ミーティング。火曜日は毎回新しいテーマを扱う会……文化大革命や明治維新など、澤上が歴史好きのため社員も必死になって本などで学ぶ。水曜日から金曜日も不思議と話し合うことが生まれてくるため、何だかんだ社員が集まった。

「よし、来週は鈴木商店について話そう。一時は日本を代表する商社となったが、なぜ潰れたか。そのあたりをそれぞれ次回までに考えてこい」

そして翌週。

「さて、誰から発表する？」

これが澤上のお決まりのパターンだった。

社員からの要望で、澤上の過去の話を聞く機会も設けられた。

「いいか、彼らは本当にすごい。例えばビル・ニュートン。彼は水曜日の午後になると彼女と山籠もりのため会社を出ていってしまう。大量の本を持って消えてしまうのだ。しかし次の月曜日にインプットしたものをすべて吐き出すかの如く、次々と誰も追いつけないほどの考えを披露する。その鋭さから、彼の悠々自適の生活を疎む人間も現れない。ビルは物静かだが強烈な存在感を放っていたよ」

「香港にチャンさんというこれまたすごい方がいた。俺が若い頃、チャンさんに従って不動産のオークションに出かけた時のこと。チャンさんは『澤上さん、私はこの物件に百億円まで出すことにしました』と事前に話していたが、当日になってその物件が百億円を超えてきた。するとチャンさんは『澤上さん、帰ろう』と言う。俺は『チャンさん、あと二億円程度の上乗せで競り勝ちますよ』と言ったが、『澤上さん、私は百億円と決めた。一度決めたものは変えてはいけない。縁がなかったのですよ』と一切表情を変えずにオークション会場を出ていった。分かるか、これが大きな金を動かす時の心構えだ」

そういった英雄伝も度々あった。

唯一、第二木曜日は外部からの参加を可能としたサロンと称する会合が実施された。澤上を議長に業界問わず有識者がサロンメンバーとなった。金融業界だけでも、東京海上アセットマネジメントの平山賢一氏、ゴールドマン・サックス・アセット・マネジメントの藤野英人氏、日本の近代資本主義の父である渋沢栄一を先祖に持つ渋澤健氏、バークレイズ（現・ブラックロック）・グローバル・インベスターズの岡本和久氏など著名人がたくさん集まった。

そのような次第で、澤上も社員たちも休む間もなく毎晩のように議論を重ねた。しかし不思議と疲れなかった。

「お話を伺いに来ました」

ある晩、再びあの招かれざる客がやってきた。朝日新聞の記者だ。しかも今回は三名もいる。

澤上から良い噂を聞いていない熊谷は、やや強張った顔で応対した。かつて龍が座っていた入口すぐの席、つまり外来応対の最前線を今は熊谷が担っている。

朝日新聞記者の最初の出入りは二〇〇一年の秋だった。

「一度取材に伺いたいのですが」という依頼を澤上が断るはずもない。その記者は、営業なしに受益者数を伸ばしているさわかみファンドが理解できないと真相を暴きに来たのだ。

「さわかみファンドは成長著しいと世間でも話題ですが、何か理由はあるのでしょうか？」

質問の裏に、疑いのような声の響きがある。

澤上が得意満面に長期投資の有用性を語るも、記者の顔に納得感は表れない。

「日本の預貯金者はリスクに敏感で投資などするはずがありません」

「それはアンタが本格的な長期投資を味わったことがないからだ」

「では聞きますが、現在増えている……ファンド仲間ですか、彼らも長期投資を味わったことはないでしょう。何しろ本格的っていっても、まだ始まったばかりでしょうし」

疑いは続く。

「一般的には証券会社が莫大な広告宣伝費をかけ、既存の投資家層にアプローチしています。御社も実のところ何かやっているのではないですか？」

「ウチのファンド仲間層を見てみ。三十代が中心だ。既存の投資家層というが、それは六十歳以上だ。全然違う」

「…………」

「口座開設時のアンケートでも投資未経験に丸をつけている方が多いだろ」

「はい、確かに」

「だから何度も言ってるように、日本になかった本格派の長期投信の出現に皆さん純粋に反応しているんだよ」

「いや、増え続けるには何か他の理由があるはずです」

記者の思い込みは強く、取材が終わっても首を傾げるばかり。

「日本に個人投資家などそう増えないだろう」

そう呟きながら帰っていった。

しかし、しばらくするとファンド仲間は更に増えている。やはりおかしい。その後、入れ替わり立ち替わりの取材が続き、澤上も発泡酒を出して飽きずに議論を繰り返した。

「個人投資家、それも預貯金だけしか知らない人たちが増えている事実は理解しました。しかしそれだけ人を惹きつける長期投資とは何なのですか？」

「おう、また来たのか。どうぞ、どうぞ」

澤上は既に彼らとのやり取りを楽しんでいるようだ。再び現れた三名の記者たちを会議室に通した。

「今回は俺だけじゃなくウチのアナリストも同席させるから、何でも好きに聞いていいぞ」

リーダーの平岡に続き、龍と熊谷も会議室に呼ばれたのだった。

「じゃあ今日は何の話をする？」

澤上が切り出す。

「そうですね。アナリストの方々がいらっしゃるのであれば、銘柄選定について色々伺えればと思います」

「よろしくお願いします」

初出席の平岡の発言に続き、同じく初出席の龍、熊谷が頭を下げる。

「長期投資では銘柄選定が命だと澤上さんから伺っています。相場を超えて成長する銘柄を選ぶべきだと」

「そのとおりです」

「では質問なのですが、さわかみの皆さんが選んだ銘柄と、猿にダーツを投げさせて当たった銘柄とで比較した場合、五年後にどちらの株価が上昇していると思われますか？」

「失礼じゃないか！」

物静かな平岡が大声を上げた。

「まあまあ、そう怒らずに。何が言いたいかというと、株価なんて上がれば何でもいいんですよ。私が見るに、株式のみならず市場は人々の思惑で動いているのです。だからわざわざ時間をかけて銘柄を探すのではなく、相場に合わせて適当に投資しても変わらないのではないかということです。長期投資だろうが何だろうが、成績が出ないと意味がないですよね。ＩＴバブル崩壊こそ乗り越えたかもしれませんが、最近はさわかみさんのところも成績が芳しくないじゃないですか。いくら良い銘柄っていっても……それは個人投資家を気持ち良くさせる台詞なんでしょ」

喧嘩寸前で澤上が止めた。

「ウチは企業の成長を株価の安いところから応援しています。ただ株価が上がれば良いってもんじゃない」

平岡が訴える。

「理想論ですよね。ファンド仲間の耳には心地良いかもしれませんが……」

記者の一人が真顔で突っ込む。そのままその日は喧嘩別れ、発泡酒も出なかった。

屈辱

小泉政権は銀行など金融機関の不良債権問題を一掃すべく、竹中平蔵金融・経済財政政策担当大臣を中心に金融検査を徹底させた。過去の金融行政に例を見ない厳しい政策は、バブルに踊った銀行や企業を震撼させた。

もう先送りは許されないとする不良債権処理政策の徹底ぶりに、経済活動の縮小つまり景気後退が懸念された。そして、それを先取りして株式全般は大きく売られた。

株価がつるべ落としのように下がっていく中、さわかみファンドの基準価額は下値抵抗力の強い値動きを示し続け、他のファンドとの成績は大きく開いた。

これもひとえに強い経営基盤を持った企業を厳選し、長期でポートフォリオを構築してきた成果である。国の政策がどう迷走し、経済全体がどう停滞しようと自助意識の強い企業のビジネスはそう簡単には揺るがない。そこにこそ企業を応援しようと安値でも断固として買っていくさわかみファンドの本領発揮の舞台がある。

日本株全般が大きく崩れ落ちていくのを横目に一人さわかみファンドは気を吐いてきたが、さすがに二〇〇二年の夏頃からは、さわかみファンドといえど息切れ感が見えてきた。

そして十一月十九日に７９２０円、十二月十八日に７９７９円と二日だけ基準価額８０００円割れを味わうこととなった。

一般家庭の財産づくりをお手伝いすると言っているのに、基準価額１００００円割れはおろか７０００円台とは。恥ずかしい限りである。

この下げ相場は如何ともし難い。されど基準価額の８０００円割れは何とも悔しい。

「おい、皆集まれ」

澤上による突然の招集命令だ。社員は慣れており、あっという間に全員が会議室に集まった。

「今回の相場で、ウチは８０００円を割るという事態に陥った。誰が悪いわけでもない。しかし誰も悪くないとしても、期待してくれるファンド仲間の皆様に申し訳ない」

「はい」

威勢の良い声の主は田子だった。

「いいか、メソメソしている暇などまったくないぞ。ここが長期投資家の真骨頂を世に示す時だ。この安値、資金のありったけを投入して徹底的に買いまくれ」

「分かりました」

やや大人しい声で岡が返した。

これはと思う企業の株がメチャメチャに売られている。これほどの技術や設備は日本の宝であり、世界経済の成長発展に大きな貢献をするだろう。それなのに株価は百円台あるいは五十円割れにまで売り叩かれている。ここは本格派の長期投資家の出番で、さわかみファンドがトコトン応援買いを入れよう。

一般的な機関投資家は、株価が百円を割り込む企業に対し倒産リスクを意識してポートフォリオから外し始める。五十円を切ったら即刻売りとしているところも多い。説明責任を果たせないからだ。

しかし、さわかみ投信は違う。皆が売れば売るほど応援しなければならないといった意識が高じてくる。まして今は日本経済にとって宝物のような企業の株式が捨て値同然の安値にまで売りを浴びているのだ。

売るなら売れ、ウチが全部買ってやるわい。ファンド資産の〇・六パーセントまでは買っても大丈夫だ。よしんばその株が紙切れになったところで資産のたった〇・六パーセントがやられるだけだ。他でいくらでもカバーできる。

さわかみファンドは断固たる意志と覚悟で行動した。

そんな、応援したい企業の一つに住友金属工業があった。潰れるかもしれないという噂を無視し、さわかみファンドは株価五十円割れで目一杯仕込んでいた。

住友金属工業の製鉄所に縁あって訪問した際に、同社の社員が一列にズラッと立って澤上を迎えた。

「応援してやるわい」という心の声が聞こえたのか、澤上の来訪に住友金属工業の友野社長以下、経営陣の目に涙が光っているようだった。それを見た澤上も何だかジーンときてしまった。

その出来事以降も、新日鐵と一緒になるまでさわかみファンドは住友金属工業を応援し続けた。

「澤上さん、今度、和歌山製鉄所の新型高炉に火を入れるのですが、その前にご覧になりませんか」

そういった見学の誘いは、さわかみ投信のアナリストのみならず全社員に向けて声がかかるほどの関係になっていた。

また彼らがやって来た。

「やはり下がっているじゃないですか」

朝日新聞である。

「いくら良い銘柄を探したって相場には勝てないと、私たちが前回言ったとおりになったじゃないですか」

そのとおりと思わせられる意見だったが、澤上は意に介さず持論を繰り広げる。

「今が買い時よ。ここが長期投資家の出番だ。ウチは買いまくってるよ」

「いや、そういうことじゃないんです。実際に成績は下がっているじゃないですか。基準価額8000円割れですよ」

「そうだ」

「これじゃあファンド仲間だって怒るでしょう」

「いや、相変わらず増えてるよ」

「………………」

どうだ、と言わんばかりに澤上が満面に笑みを湛(たた)える。そして記者たちは困る。

「いいか、本格的な長期投資はファンド仲間との連携あってこそなんだ。だから今、この暴落を平気な顔で買い向かえるんだ。考えてもみ。ここから相場が上がりだしたらどうなる？」

「………………」

「今の安値を目一杯買っているウチはとんでもない成績が出るぞ」

「それは詭弁(きべん)じゃないですか」

ずっと黙っていた他のメンバーが出てくる。論説委員だ。

「いつか上がる、いつか成績が出るって言い続ければ、それはいつかはそうなるでしょう。しかし現実的に下がっている。受益者だって含み損になっているんですよ」

「だから長期投資の威力を伝えるんだ」

「は？」

「長期投資は社会に必要な企業を応援することだ。サッカーでいうサポーターだ。ファンじゃない、サポーター。チームが負けている時も欠かさず応援に駆けつけ、そのエールを受けて選手たちは頑張る。サポーターに見捨てられたらチームだって頑張れないだろ」

「……………」

「ウチは今、とことん応援している。そして必ず企業さんは結果を出す。株価も上がる。それがリターンだよ」

「いや、だからそれが詭弁だって……」

「詭弁かどうか、事実ウチのファンド仲間の皆様は増えているよ。その大切な資金をウチは徹底的に投資している。後は待つだけじゃないか」

ファンド仲間という最強の味方がいるおかげで、すべての論理が成り立ってしまう。

「確かに、このまま続けばいつか相場も戻るでしょう。そうしたら、この暴落時にたくさんの銘柄を買えているのは強いですね」

「いいか、ウチは銘柄って言わない。企業だ」

「企業ですか……」

すぐに理解はされなくても、さわかみ投信の心意気だけでも実感してもらおうと、澤上はこのような取材を断ることなく受け続けた。そして発泡酒のみならずワインまで出し、長い夜を楽しんだのだ。つまみはない。ただそこに、激しい議論だけがあった。

いずれ、この招かれざる客からとんでもないプレゼントを貰うことになるのだが、それはまだ先の話だ。

住友金属工業

投信計理システムは、さわかみファンド設定時からずっと野村総研のT‐STARを利用していた。過去のつながりもあり、他の選択肢を探すこともなかった。

投資信託業界の大半が導入している実績が示すように、T‐STARは様々な投資運用に対応できるよう設計されていた。大がかりなシステムで汎用性もすこぶる高い。

しかし、そんな大がかりなシステムも、さわかみファンド一本しか扱わないさわかみ投信には宝の持ち腐れだ。不要な機能がついている分、それだけコストも割高となってしまう。

また、金融関係の制度変更に対応したシステム開発や更改の料金は高めになりがちである。さすがの野村総研は様々な付加サービスが充実しているが、どれも目が飛び出るくらいの費用を請求される。

「もう少し安くなりませんか？」

田子や村田も交え交渉しても、野村総研は長く独占に近いビジネスの強みをかざし、交渉に応じない。殿様商売とはこういうものだ。

そのような中、大和総研から突然のアプローチがあった。

「弊社のＦＡＩＭＳのご利用を検討していただけませんか？」

澤上は驚いた。野村総研のＴ‐ＳＴＡＲ以外にも投信計理システムがあったのかと。話を聞いて更に驚く。随分と安いではないか。

「弊社のＦＡＩＭＳはまだ利用客も少なく、システムも野村総研さんのＴ‐ＳＴＡＲと比べるとかなり小ぶりとなります」

「なるほど。ウチとしては小ぶりで十分だ」

「そうですね、さわかみファンド一本でしかも今は日本株の現物買いしかしておりませんので」

澤上の発言に村田も相槌を打つ。

「いずれはＴ‐ＳＴＡＲに対抗できるようなシステムにしていく予定です。是非とも弊社のＦＡＩＭＳを一緒に育てていただけませんでしょうか」

澤上は大和総研の意気込み、そして何より提示してきた利用料の安さに動かされ、村田を中心にＦＡＩＭＳを徹底的に調べさせた。

「社長、先方からいただいた内容を確認しましたが、技術面の問題は見当たりませんでした」

村田が自信ありげに言う。

「そうか」

「私の見立てでは、十分にウチの投信計理に対応できるかと考えます」

「ウチが大きくなっても対応可能か？」

「おそらく問題ないかと」

「分かった。お前が言うなら大丈夫だ。即座にＦＡＩＭＳに切り替えよう」

その後、切り替えの通告を受けた野村総研の担当者がすっ飛んできた。

「澤上さん、突然の切り替えの連絡に驚いています。大和さんと同じ料金で構いませんので、弊社のＴ‐ＳＴＡＲを継続いただけませんか？」

時、既に遅しである。

「どうしてもっと早い段階でウチの要望を聞いてくれなかったのですか。せめてあの時、検討だけでもしていただけたなら……」

澤上は決断を変えなかった。

その後、さわかみ投信はたっぷりと準備期間を設け、慎重にテストや検証を重ね、さわかみファンドの投信計理システムをＦＡＩＭＳに移行した。

「社長、野村総研といえばその分野の最大手ですよ。よく手を切りましたね」

澤上の思い切りの良さに田子が驚きを隠せない。

「独占状態にあぐらをかいたビジネス態度は、ウチの目指す生き様とは違うだろ。逆に大和総研の懸命な姿に親しみを覚えたまでよ」

「なるほど」

「今回は野村総研がどうこうという話ではない。ウチがどう生きていくかという姿勢が問われたんだ。投信計理は大和総研のＦＡＩＭＳに切り替えるが、野村総研とも今後も色々と関係は続く」

田子は真剣な眼差しを澤上に送る。

「いいか、ウチは必ず大きくなる。しかしその時、ウチが業界を動かしているといった勘違いをしてはならん。常にファンド仲間の皆様が主であり、常に五年先十年先にありがとうと言っていただけるよう頭もビジネスも柔軟にしておくんだ」

「よく分かりました」

田子に加え村田も承知する。

「おい、お前らもしっかり聞いておけ」

田子が作業テーブルでおしゃべりしている熊谷と原に怒号を発する。熊谷と原は何が起こったのか分からぬまま、ビクッと背筋を伸ばした。

「社長、僕たちも混ざっていいですか？」

怒られたと思ったのか、原が熊谷を連れて歩み寄ってきた。

「おう、いいぞ」

そう答えたのは田子だった。

「お前らも発泡酒を持ってこい。社長はまだ飲まれますか？」

原が数本の発泡酒を冷蔵庫から取り出し、別の話題を持ち出した。

「いよいよ明日ですね、住金の訪問。田子さんも行かれるのですか？」

「俺は社内を守らないとな。お前ら若いんだから、精一杯見てこいよ」

「じゃあ、あと二本ずつ飲んだら帰りましょう。明日も早いですしね」

勝手に熊谷がまとめ、不思議な会はその後一時間程度で解散した。


「シームレスパイプは細長い鉄柱を断面からグリグリと穴を開けていく製造工程だと思います。体積が変わらないとすれば、その過程で円柱は外に広がるのでしょうか？それとも長さを伸ばすのでしょうか？」

龍はさわかみ投信に入社してすぐに先輩社員より聞かされたシームレスパイプのことを聞いてみた。

「もし長くなるのであれば、製造ラインを走る鉄柱の速度が上がり、工場の設計上歩留まりが悪くなるような気がするのですが？」

生意気にも、アナリストとしても社会人としても未熟な龍が良い機会だと友野社長に絡む。

「面白い視点ですね」と友野社長は丁寧に教えてくれる。

「工場の設計思想で最も大切にしていることは何ですか？」と熊谷も続く。

「安全です。社員の安全を第一に確保できるような設計、レイアウトを施します」

「この何もない土地は何のために存在しているのですか？」と岡の番だ。

「これは高炉を建て替える際などに使用するスペースです。工場を建物でぎっしりと埋め尽くしたら、いざという時に建て替えが難しくなりますからね」

「先の先を読んで建設しているのですね」と冷静な岡が驚く。

「皆さん、次に新しく建設した高炉を見に行きましょう。もうすぐ火を入れるので、そうしたら二度と見られなくなりますよ」

製鉄所所長の先導に従い、さわかみ社員は期待を胸に歩みを速めた。

「新型高炉にはこの橋を渡って移ります。橋には秘密があるのですが……皆さんが渡り終わったらご説明しますね」

高度五十メートルのところに幅一メートル、厚さ十数センチメートルの橋が架かっている。その上を歩けときた。高所恐怖症の龍にとって地獄そのものだった。

被ったヘルメットで目を隠し、手すりに渾身の力を込めて渡り切った後に、道中見えなかった鉄鉱石の巨大な山と辺り一面の風景が広がった。

「すごい」

「さて、秘密を明かしましょう。実はこの橋、片側の建物としか接続していないのです。つまりもう片側は橋を建物に載せてあるだけなんですね」

何ということだ、と龍は思った。なるほど事前に説明しないわけだ。

「仮に大きな地震が来ても、橋が切り離されていれば二つの建物が共倒れってことを避けられるのです」


澤上は楽しそうに製鉄所見学を満喫している。何にでも興味を示す子どものようだった。あれこれ手で触り、注意を受けてはまた触る。そして所長の横にピッタリとつき、あらゆる質問をぶつけ続ける。

さわかみ一行は所内を一通り見学し、製鉄所について改めて説明を受けた。その間、一行の見えないところで懇親会の準備が進んでいた。

「今日はありがとうございました。大変勉強になりました」

社長の澤上が深々と頭を下げた。さわかみ一行は社長に倣う。

「皆さん、今日は懇親会の席も設けております。是非、今しばらく私どもにお付き合いください」

またもや所長に先導され、さわかみ一行は次の場所へと移動した。

さわかみ投信社員を待っていたのは、大量に用意された瓶ビールと食事、そして住友金属工業経営陣の面々だった。

高炉から転炉へ、そしてトーピードカーに移される溶けた鉄は千数百度である。遠くからとはいえ、その熱波を浴びた一行にとって冷えたビールはご馳走以外の何ものでもなかった。そして最後に、お土産にと小さな銑鉄の塊を全員が受け取った。

安値を拾う。良い企業を徹底的に応援する。口で言うのは簡単だが実行は容易ではない。住友金属工業に投資家として受け入れられたさわかみ投信社員は、投資において非常に重要なことを学んだのだった。

株価を買って株価を売るのは投資ではない。投機だ。投資する側がいれば投資される側もいる。投資とは人の可能性を応援する行為なのだ。

そのような自信の醸成の裏に、ファンド仲間からの追加購入資金があった。いくら応援買いしたくても軍資金がなければ何もできない。

さわかみファンドは定期定額購入サービスに加え、スポットでいつでも好きなだけ買える。月二回の報告書で、「資金のある限り買いますよ」と書き続けたのに呼応するように、ファンド仲間から軍資金がどんどん届けられた。

製鉄所見学からの帰路、龍は長期投資の真意を見出した気がした。

現状の酷い相場で皆が損を抱えている。ファンド仲間も企業も、そしてさわかみ投信もだ。しかし皆が未来に向かって努力をしている。目先の状況に悲観せず、明るい未来を期待しているのだ。

良い投資運用は良い投資家顧客、良い企業と。そして長期投資は良い社会へと。すべてが未来を育むことにつながっている。

長期投資は未来をつくること、未来づくりに参加することなのだ。

眼鏡と美女

「今日はどんな人たちが来るの？」

「すごい面白い会になればいいね」

「どうしよう……かわいい女の子ばかりだったら」

原と堤、肥後が電車の中で会話を楽しんでいる。それを横目に龍と熊谷は、一年ほど前に約束した外部の同世代との交流会を刺激ある有意義なものにしようと冷静に考えていた。

さわかみ投信の若手社員は目の前のことに必死だったため、外の世界をあまり知らない。その日は、熊谷の大学時代の友人から紹介された建築設計事務所の面々との意見交換会が催された。

時間どおりに、渋谷にあるレストランで十名は落ち合った。

高い天井に木の梁が裸のまま走る洒落た雰囲気のイタリアンレストランで、無垢材だろうか、片側が切り落とされたように加工された長いテーブルにそれぞれ五名が対峙するかたちで座った。


「ウチは日本にないまったく新しい投資信託の会社です。あるのはパッションです」

熊谷は交流会冒頭の挨拶で得意の情熱を披露した。パッションは熊谷の口癖だ。さわかみ投信がいかに面白い会社で、どんな挑戦をしているか聞いてもらいたかったのだ。早速、相手の一人が乗ってくる。

「不勉強ですみません。投資信託とはどういう仕組みですか？」

オーダーを取りに来た店員への対応は幹事の熊谷の仕事だ。分かりもしないワインリストの中から、かつて澤上の自宅で飲んだことのある名前を見つけ、さも知っているかのように注文をする。

その間、原が話を引き継ぐ。

「通常であれば株式などに投資するためには数十万円とか必要となりますよね。投資信託では、器となるファンドに個々の投資家のお金を集め、それをプロが運用する仕組みとなっています。したがって一人一万円から投資ができ、かつ投資先もプロが選定してくれるので、一般の方でもエントリーしやすいのが投資信託の特徴というか、メリットです」

堤が被せてくる。

「私たちはそんな投資信託を運用しながら直接販売しています。証券会社などを通さず直接販売するのは弊社が日本初なんですよ」

どうだ、と言わんばかりのどや顔だった。相手の五名は驚かざるを得ない。

熊谷がそれっぽくテイスティングを行い、十名のグラスにワインが注がれた。乾杯が済んだか済まないかのタイミングで、五名のうちの一人が続きを聞きたいと前のめりになる。

「それで今どんな感じなのですか?」

「現在、三百億円を超える資産を運用しています」

一杯目のワインだというのに、既に真っ赤な顔をした堤の調子が上がる。あえて謙遜するかのように熊谷が続ける。

「実際はまだまだですよ。会社は赤字で我々も日々残業です。しかし毎日がとても楽しいし、我々は世界を変える仕事をしている。そのための準備期間として今頑張っている最中です。この間なんか……」

熊谷の情熱を遮るように言葉が返ってきた。

「失礼ですが、それって美化しているだけですよね。給与はどれくらいですか。その会社にいて未来はありますか。仕事ってそういうものじゃないでしょう。赤字って、そもそものビジネススキームがおかしいんじゃないですか」

愛想というものを忘れて生まれてきたんじゃないか……いかにも頭が良いという顔をしている黒ぶち眼鏡の若者は、空気を読まずに喧嘩を売ってきた。華奢な体に濃紺のスーツと派手な青いストライプのシャツ、黄色のネクタイを締めた嫌な感じのヤサ男である。

原が何となく場を取り繕う中、龍が熊谷にコッソリと問い質した。

「幹樹、これって何の会だっけ？」

「業界で頑張っている若者の会なのですが、何かイメージと違います」

まだ会は始まったばかりと忍耐を決め込み、再度二人は彼らに顔を向けた。

同じ年齢かやや年上の、誰もが振り返るだろう美人が仕切り直しにと口を開いた。

「当社は設計をメインにやっており、今日は営業も含め各部署からこの会に参加しています。当社のモットーはプロフェッショナルを目指すこと。仕事は当たり前ですが、人生そのものも存分に楽しもうという集団です」

胸元が大きく開いたブラウスをグレーのジャケットで隠し、背中までかかる茶色がかった髪をかき上げるその姿に、美人を超越したらこうなるのかとチームさわかみはすっかり魅了されてしまった。大きいながらも少し切れ長の目が彼女自身を象徴する証として際立ち、顎から頬にかけてのシャープな曲線はその下の細い首や鎖骨と見事に調和している。しかし美人過ぎるがゆえに、棘のある発言が生意気な印象を助長するようだ。

「プロフェッショナルってどういうことですか？」

熊谷が応戦する。

「仕事というのは顧客にサービスを提供して対価を貰うものです。ですので私たちは一〇〇パーセントの仕事ができるよう個人も、会社も努力しています」

名刺交換の際には、熊谷が彼女に告白するのではないかと危惧したものの、今はまったくそういった浮ついたものを感じない。

「ウチも努力していますよ。しかしそれは未来に対して。目先の対価ではなく、未来を面白くするよう一〇〇パーセント以上の努力を重ねているのです」

龍は反論するものの、交流会に対する熱を既に捨てている。

「対価は顧客から貰って当然です。一〇〇パーセントの仕事の報酬ですので。しかし御社は先ほど赤字続きだとおっしゃっていました。それでプロフェッショナルと言えるのでしょうか。ビジネスが完成していれば赤字は考えられません」

美人が言う。そして眼鏡君も続く。

「一〇〇パーセントの仕事をし、プライベートも一〇〇パーセント楽しむ。経済先進国の欧米では当たり前の働き方ですよ」

もう反撃するのも面倒だ。

そんな刺激的な交流会を早々に切り上げ、チームさわかみは次の店へ移動した。安いチェーンの居酒屋は五名に相応しい。そして当たり前のように反省会を行った。

「すみません！」

熊谷が即座に謝ってきた。

「いや、モトのせいじゃないよ」

鈍感な堤は何事にもへこたれない。先の会にもあまり感じ入ることなく、下手な励ましを熊谷に送った。同じ年齢の熊谷を堤はモトと呼んでいた。

「何だか悔しいですね」と肥後が言う。

肥後剛は独自の健康法なのか、日に六リットルの水を飲む男だ。小さい体によく入るなと皆が感心している。それ以上に、水を六リットルも持って会社に来ること自体が健康法なのではと龍は暗に思っていた。

「悔しいよ。だけど、正論って言えば正論だ。ウチは赤字で楽しいって言ってるけど、本当に幸せなのかな。彼らのような人間を見るとなんだか情けなくなってくる」

交流会のセッティングを担った熊谷が弱気になる。

「彼らの言うプロフェッショナルには、何か違和感がある」と発したのは原だ。

悔しまぎれの言い訳ではない。さわかみ投信にいると純粋にそう思えてくるのだ。

「いつかウチが大きくなって、彼らを驚かせよう」

龍はチームさわかみの年長者として反省会の締めに入った。会社、そしてファンドが大きくなった時、彼らの記憶に我々が残っているかどうかはどうでも良い。今は自分たちを信じて進むだけだ。何より毎日が面白いじゃないか。

「それにしても美人でしたね」

原が言う。

「確かに……」

皆が同意する。一人、熊谷を除いて。

その直後、店員が遅れて持ってきたサラダのドレッシングを熊谷のジャケットにかけてしまった。

「失礼しました！」

学生アルバイトと思われる店員がオロオロする。

「いいんだよ、その程度のことは……」

熊谷は小さな声で言った。

税務調査とパートナー

二〇〇三年十月に税務調査が入った。

さわかみ投信は変わらず赤字会社であり、経営は火の車だ。それなのになぜ税務署が訪問してくるのか、澤上は驚くどころかキョトンとしてしまった。

ドヤドヤと会社に押しかけてきたのは計八名。国税庁から三名、麴町税務署から三名、そして世田谷税務署から二名とやたらものものしい。それを見て随分大がかりな調査だなと思いつつも、訪問理由がさっぱり理解できず澤上は言われるままに経理書類などを提出した。調査官は手分けして金庫内や机の中などを見て回る。

「社長さんの自宅にも行くことができますか？」

「いいですよ。今から行きましょうか」と応じる。やましいことは何もない。

澤上は考えた。どうせこの調子だったら今日は仕事どころではない。一刻も早く調査を終えて帰ってもらいたい。

会社を出て澤上は驚いた。三名の調査官が同行することになったのだが、オフィスの外のどこに待機していたのか、新たに五名の調査官がスーッと寄ってきて澤上を囲んだのだ。小説だか映画だかの世界のようで、澤上の自宅まで九名の男が連れ立って行くのは異様な雰囲気だったに違いない。

電車に乗り込み約四十分。周囲の目もあって、調査官たちは澤上に突っ込んだ質問を投げかけなかった。澤上が読書に集中し、話しかけられなかったというのが正解だろうか。

自宅に着くや、五名の男たちは家の中のあちらこちらを捜し回った。三名は澤上にピタッと寄り添ってあれこれ質問しては澤上の反応、特に澤上の視線の先を追いかける。

「脱税や財産隠しを疑っているのか？」

さっぱり合点がいかない中、それでも男たちは必死に何かを捜し回っている。

不意に澤上は笑いが込み上げてきた。どうせ何も出てこないし、調査官が驚くとおりに澤上は質素な生活をしていたのだから。

それから五時間、ようやく男たちは諦め顔となった。

「結構でしょう」

リーダーらしい男の目配せで自宅の調査は終了となった。そしてそこで初めて人間らしい会話が生まれた。

「これから会社へ戻られるのですか?」

「もちろんですよ。今日は何も仕事していないんですから」

「そうですか。ご苦労さまです」


翌日以降も国税・麹町・世田谷の合同税務調査は続いた。

経理書類を調べれば調べるほどに男たちは必死な顔つきとなっていく。接待費とかの経費もなく、せいぜい昼のランチでの一人当たり千円程度の会議費の領収書があるだけ。他に経費のつけ替えがあるのかと調べても何も出てこない。

「何も出てきやしませんよ」

澤上は高を括っている。しかしそれが面倒な事態へと発展させる要因となった。国税二名、麹町税務署二名、そして世田谷税務署一名の計五名が常駐となってしまったのだ。

調査官がいくら頑張ってもないものはない。何も出ないから、ますます厳しいチェックとなる。会社設立時から税務申告を担当している金森税理士は大忙しだ。

さわかみ投信社員、そして調査官のお互いが長期戦に疲れ始めてきた時のこと。

「これは何ですか？」

ようやく調査官の顔に血色が戻った瞬間だった。なんと、澤上が妻の佐代子に渡している毎月の生活費の数十万円が申告漏れだと言うのだ。会社から給料支給時に所得税を源泉徴収されているのに、再度払えというわけだ。

「三年分の申告漏れです。修正申告後、速やかに延滞税などを加えて納めてもらいます」

そんな馬鹿な……澤上は不納得な結果に嚙みつこうとしたが、一方それで妥結とあれば、それはそれで助かると思ってしまった。もう長いこと調査官はいる。一刻も早く通常業務に戻りたい。

信じられないようなこじつけもあったが、澤上は仕事への渇望一心に他のいくつかの修正申告にも応じた。

これにて調査終了である。しかしなぜ税務調査が入ったのか。澤上はその真意を永久に知ることはなかった。

税務調査から束の間のこと、さわかみ投信の長期投資にとって感慨深い訪問もあった。

さわかみ投信における最上位会議の一つに投資政策委員会というものがある。月に一度、最高投資責任者の澤上を議長にファンドマネージャーの岡、アナリストリーダーの平岡など幹部だけが出席を許される会議だ。そこでは世界市場の動向や各国政府の動き、資金の潮流などが議論され、最終的にアセット・アロケーションが決定される。

龍と熊谷は、投資政策委員会で何が話されているのだろうとは思ったが、呼ばれもしないものを詮索しても仕方がない。

「高いレベルを維持しないといけない。だからお前らはまだだ」

憧れはするものの今は出席を願っていない。にもかかわらず、二人は澤上から突き放される。

しかし毎週火曜日の運用会議は別だ。そこでなら暗黙の二番手、三番手という出番がある。今は実力をつけるしかない。

その運用会議にて、初めて聞く名の企業が挙がった。ポリシーのある小売企業だ。

「繁忙日の日曜日の一店舗の売上が百万円。営業利益率は通常五パーセントなので利益は五万円。皆で汗水たらして働いて得た五万円だ。贅沢などに使えるものか」

中京地区で小売業を展開する創業経営者の言葉だ。日銭稼ぎを真剣に考え、少しの無駄も許さない姿勢を貫く。地域に愛されたい、儲けよりも近隣住民の役に立ちたいという理念で会社を起こした。それが株式上場し立派に複数店舗を経営している。

ケチな会社だと思うなかれ。阪神・淡路大震災の時、その小売企業は店の大部分の品物、特に食料を中心に被災地に無償提供したのだ。五万円を無駄にしないその企業は、更に大きな金銭相当を瞬時に手放すことができる。

株式相場全体が冴えない中で、その小売企業の株価も例外なく低位に放置されていた。さわかみファンドは、やがて世の中が必要とするに違いないとその小売企業に大きな買いを入れたのだった。

後日、その企業の創業経営者が慌てて東京のさわかみ投信のオフィスを訪ねてきた。税務調査の翌週のことである。澤上はその慌てぶりに何かを察した。聞くと、ファンドという怖い存在に株式を持たれたことで、これから何が起こるのか不安だと言う。

その創業経営者は地域を愛し愛される存在になりたいと頑張ってきた。それが認められ徐々に業容を拡大。更に大きくなろうと資金調達を株式上場に求めたのだった。

上場するということは、あらゆるマーケットプレーヤーに株式を買われる可能性があることを意味する。そこには望まない株主も存在し得るのだ。地域を愛し愛されるという創業理念も、株主がノーと言ったら実行できない。最悪、経営者の首を挿げ替えられてしまいだ。

その小売企業は、まさに上場後に理念を共にしない株主の圧力に苦しめられていたのだった。何のために創業したのか。俺の理念は……生きていることを否定された気分だったようだ。

上場以降、創業経営者は神経衰弱となり一人で行動できなくなっていた。仕事場などは他の社員がいるため問題ない。怖いのはトイレや風呂場だ。

一人になったら自殺してしまう……。

そのような、精神が崩壊寸前の状態でさわかみという知らない名のファンドが株式を大量に買いまくっていると聞いたのだ。ファンドとは何だ。更に厳しい要求を迫られるのではないだろうか。

一般的に株式売買というのは流通市場で行われるものだ。上場時や増資のような資金調達を目的とする市場が発行市場。それに対し、取引所で既に出回っている株式の売買を行うのが流通市場だ。したがって、さわかみファンドが流通市場で株式を買うということは誰かが株式を売るということに等しい。結果、金銭のやり取りは市場や証券会社を通じて旧株主と新株主の間で行われる。発行体である企業には一円たりとも入ってこない。単に企業のオーナーが変わるということなのだ。

小売を営むその企業に、新オーナーとしてさわかみファンドという名が加わった。どういう意図があってのことか、創業経営者として確認したいのだろう。

「これまでどおり、地域を愛し愛される企業を目指してください。焦らずじっくりと頑張っていれば、いずれ多くの人から求められる存在になるでしょう。ウチはそれまでずっと応援しますよ」

澤上のその言葉に創業経営者はひどく安心し、自殺に悩んでいたことを告白したのだった。そして当然ながら、さわかみファンドが新オーナーになった時点で、理念を是としない旧オーナーはいなくなっている。

「応援しますよ」

人は応援されれば元気になる。特に、自分の理念を支えてくれるパートナーがいれば、前を向いて一歩を踏み出せるのだ。その創業経営者にとってさわかみファンドはパートナーの如く見えただろう。

経営者が前を向けば企業の業績も上を向き始める。さわかみファンドは、長期投資を通じてその企業の運命を少し変えたのかもしれない。

投資とは金銭リターンのみを計算するものではない。企業の将来を応援する行為でもあるのだ。

投資家だろうがどのような肩書だろうが、それぞれのマスクを外せば、皆同様に消費者であり生活者となる。そんな消費者が生活に必要とする商品・サービスは企業が供給してくれる。したがって企業の成長を応援するということは、消費者・生活者自身が将来に必要とする商品・サービスの可能性を生み出すことにつながるのだ。企業と共に歩み、企業を通じて誰もが安心して暮らせる豊かな社会をつくるのが公のリターン。そしてそのような社会に求められ育った企業の価値の向上が投資のリターンだ。リターンは常に将来から戻ってくるもの。将来につながる今の行動は、企業と投資家の握手から始まる。投資家、とりわけ長期投資家とは企業の将来を支えるパートナーなのだ。

小売企業への投資の一件は、さわかみ投信の長期投資が企業のパートナーとしての性格を持ち始めた瞬間だった。

時に想いを馳せる

さわかみ投資顧問設立の一九九六年から、澤上は一貫して国際優良株とハイテク株を買っておくよう投資家顧客に奨めてきた。日本の株価は下落基調にあり、まさにこの三年が日本株の勝負どきだった。

一九九八年十月を底に店頭株が買われ始めたのを皮切りに、国際優良株、ハイテク株、情報通信分野へと買いの手が一気に広がった。平均株価で二〇〇〇年四月までで六十一パーセント強の上昇を見たわけだ。さわかみ投資顧問の投資家顧客には、これぞ長期投資といった醍醐味を存分に享受してもらえたことだろう。

さわかみファンド設定の一九九九年の夏頃には、流行りの株式は相当に高くまで買われてしまっていた。そんなところで国際優良株や情報通信関連株の新規買いにノコノコと出ていったら高値掴みさせられるだけだ。よほど下がるまでは買うまいと澤上は決めた。

　一方で重厚長大型産業である鉄鋼、造船、機械、化学の株式は市場から完全に見放されており、安値を好きなだけ拾えるぞとガンガン買っていった。ＩＴバブルで世の中が沸き返っていたこともあり、澤上さんの運用はもう古いと言われた頃だ。

　それが二〇〇〇年四月を境に潮目が一変した。いわゆるＩＴバブルの崩壊である。高値追いをしていた企業の株式全般が派手に売られ始めた。二〇〇三年四月までの三年間で六十三パーセントの棒下げ、およそ三分の一になってしまったのだ。米国株式市場も総崩れ。とりわけナスダック上場のハイテク株が暴落し世界同時株安とマスコミに喧伝(けんでん)された。日本株式市場も売り急ぎの投資家で大混乱となった。

　そのような中、さわかみファンドの基準価額だけがスルスルと上昇しているではないか。それが世の中の注目を浴びるところとなったのだ。

　高値を追う銘柄群には眼もくれず、皆が馬鹿にしていた企業をどっしりと応援買いする。そのさわかみファンドがＩＴバブル崩壊のダメージを被(かぶ)ることなく一人成績を伸ばしている。一体何者だ、さわかみファンドは。そういった関心が一気に広がった。

　マネー誌のみならず、新聞その他のマスコミでさわかみファンドは大々的に取り上げられた。そのおかげで資料請求や口座開設件数が急増していった。

「無理して投資信託ビジネスに参入して本当に良かった」

有志勉強会での澤上の言葉だ。

「いいか、一九九八年末からの株価上昇で投資家顧客には十分に喜んでいただけた。だけど考えてみろ。助言契約のお客様は内心良かったと言っても一般に公表することはないだろう。せいぜい口コミが広がる程度だ」

「確かに口コミはすごい力を持つ。しかし分かるか。投資信託は基準価額が新聞に毎日公表される。マスコミもウチの上昇を取り上げ、勝手に報道してくれるんだ」

「哲学がしっかりしており、その上、成績がついてくれば放っておいても顧客は増えていく。これが投資信託ビジネスの爆発力というか、面白いところだよ」

一方で経費は増大していた。

さわかみ投資顧問を設立した当初、澤上は資本金三千万円を食い潰す前に黒字化すると読んでいたし、実際にその勢いにあった。

それが念願の投資信託ビジネスに足を踏み入れるや経費はうなぎ登りとなった。それでも、ファンド資産額が二百億円もいけば信託報酬は二億円となり黒字化するだろうと考えた。ところがなかなかそうはならない。確かにさわかみ投信の収入は伸びている。しかしそれ以上に費用が小気味よく出ていくのだ。

伸びるほどに出費が嵩むのは、どのビジネスでも仕方のないことだ。回収期と銘打ってビジネスの速度を緩めれば、あっという間にさわかみ投信は黒字となるだろう。しかしそれは創業の想いに反する。さわかみ投信に期待して集まるファンド仲間の受け入れを断るなどあり得ないのだ。

私募債を発行できたことで運転資金には余裕があるが、利益が出なければ資金繰りとは別に表面上の財務は悪化する。通常、資金繰りさえ回っていれば会社は倒産しない。しかし人様の大切なお金を預かる投資信託には特別な規制がある。会社純資産一億円を保持しなさい……その条件が常に澤上を悩ませてきた。

「社長、今回は社債で乗り越えるというわけにはいきません。純資産に対する規制ですので増資しか手はないでしょう」

税理士の忠告に澤上は「分かっている……しかし、やみくもに株主を増やして経営の一貫性を崩すことなどあってはならないのですよ」と頭を抱えた。

一般家庭の財産づくりを本格的な長期投資でお手伝いさせていただこう。それも、お金を持つに相応しい本物の資産家や資産家ファミリーが日本で増えていくよう、限りなくプライベート・バンキング的な投資信託にしよう。誰もが心底から安心してくれるようなファンドに育てよう。

投資運用の哲学はもちろんのこと、経営にもブレがあってはならない。そのようなさわかみ投信の創業の想い、経営理念を外部株主とどこまで共有できるものか。一時的には手を握れても、長い間にはどうなるか知れたものではない。

そのために澤上は個人借金による小刻みな増資で哲学を守ってきた。しかし個人借金の積み増しにも限界がある。他人の力に頼らざるを得ないこともあるのだ。

澤上は、親しくしていた人たちから買い戻しを前提に出資に応じてもらった。二〇〇二年七月に優先株を発行していたが、二〇〇三年十二月十九日にも増資を行った。これまでで計八回の増資、資本金は三億二千万円となった。会社純資産一億円を割らないためとはいえ、黒字化への道のりは長い。しかしそれも着々と現実に近づきつつあった。何しろファンド資産額は増えている。

以前の私募債で調達した残りと、そして新たな資金を手にした澤上はいよいよ拡大経営に走る。その最たる使途が社員の増強だ。

これまでも、経営資源の大半を割いてきた相手が社員増強だった。海のものとも山のものともつかない会社に入ろうとする奇特な人間は体育会系の田子ぐらいなものだ。不安定な組織へは転職できないと随分断られ、また専門家の採用にも苦労した。

それがさわかみファンドの知名度が上がるにつれ、募集もしていないのに入社希望者が殺到した。

澤上は思った。澤上と数名のアナリストがいればファンド資産額が五千億円を超えても十分にやっていけるだろう。しかし二兆円になったらどうだろうか……五兆円では？

運用部門の強化が必須である。

アナリストは三十名ほしい。意識もレベルも極めて高い運用調査陣三十名を擁（よう）する体制を何としても築き上げたい。それには百名はおろか五百名以上の人たちが一度はさわかみ投信の運用調査に挑戦し、そして去っていくことになるだろう。表現は悪いが、数打ちゃ当たるを地で行くしかない。

本格的な長期投資をとことん実践に移していく投資信託会社なんて日本では初めてである。既存の金融業界から入社してきても、おそらく面喰らうだけだろう。ましてさわかみ投信はレベルをどんどん高めていく。歩留まりは相当に悪いと覚悟して、とにかくできるだけ多くの挑戦者を試したい。

もっとも運用や調査陣だけが充実すれば良いのではない。本格的な投資運用で世界有数のファンドになっていくには、あらゆる部署に世界レベルの人材を揃えなければならない。

「ウチで唯一不要なのは、資金集めの営業担当だけだ」

そんな宣言どおり、澤上は人員強化に際し、愚直に本気で仕事に取り組もうとする人間だけを採用した。口先だけのおしゃべりや、下手に機転の利く人材は避けたのだった。

挑戦者には常に機会を与えたい。長期投資のパイオニアとして有為な人材を育てたい。いずれ世に人材が出ていっても構わない。澤上は持論どおりに人を増やした。履歴や能力以上にやる気と根性を優先し、さわかみ投信は次々と採用を進めたのだった。新しい風が吹き込まれると、古い体制も次第に変化を求められる。人が増える度に人が辞めていった。それでも増える方が早く、気がつけば番町フィフスビルが手狭となるほどに社員が増えていた。

金曜勉強会が良い例だ。毎週のように龍や熊谷に産業分析を発表させるその勉強会に、若手社員を時に厳しく育てようと参加者が詰めかけていたのだ。

四十名は入れる会議室がパンク状態。太陽光を多く入れようと会議室の仕切りはガラス張りにしてあるのだが、なんと会議室に入り切れなかった参加者がガラスの仕切り越しに鈴なりとなって金曜勉強会を覗き込んでいるではないか。さすがに申し訳ないということで、採算後回しでオフィス拡張を決断せざるを得なくなった。

「こちらの物件はいかがでしょう?」

番町フィフスビルを推してくれた三幸エステートの木原氏が次の物件を探してきた。新しいオフィスは二番町三協ビルの三階である。道路を挟んで向かいはベルギー大使館が広い敷地を占めている。周囲は低層ビルが広がっているだけだから見晴らしは抜群に良い。二番町三協ビル自体もまだ綺麗だ。

澤上は新オフィスをすっかり気に入り、二〇〇三年十二月に移転を実施した。これで執務室、会議室は二倍に広がったのだ。

時は誰にでも平等に流れていく。しかし濃度というか密度は平等ではない。取り組み方次第だ。ファンドも、会社も、そして社員もこの七年半で驚くほどに成長した。澤上は過ぎ去った時に想いを馳(は)せつつ、そして未だ来ぬ時に対してもまた想いを馳せたのだった。

帆に風を受け

二番町三協ビルでの仕事に慣れ始めた二〇〇四年の春、三月末の決算で初めて会社の収支が黒字化した。会社設立から八年弱、ようやく赤字の垂れ流しに終止符を打てたのだ。

澤上はピクテ銀行時代に多くを学んだ。その最たるものが顧客サービス体制の充実強化である。

顧客サービスは時として運用成績より重要となる。投資家顧客からの絶対的な信頼や期待というものが、長期投資で頑張り抜かねばならない買い仕込み時にどれだけ強力な支えとなってくれることか。

一般的にはファンドマネージャーやアナリストなどの運用調査部門はピカイチでも、

バックオフィスはその名の示すとおり二流三流のスタッフで賄っているケースが多い。ところがピクテ銀行ではバックオフィス部門の人材が輝いていた。それがそのまま投資家顧客の資産定着と着実な増加につながっていたのだ。

もう一つ大きな必要経費がある。顧客関連のシステム開発や最新鋭ＩＴ機器の導入だ。これもやはりピクテ時代に幾度となく実体験したもの。投資家顧客がいつでもどこでも自分の資産状況にアクセスできることの安心感は絶大である。投資信託の場合は基準価額さえチェックできれば良しとされ、顧客個々の口座状況まで求められることはそうそうない。それでも顧客口座管理とコンピュータシステムを完備しており、顧客データはいつでもお出しできますよと言い切れるのは強い。

他社の追随を許さない高水準の顧客口座管理体制はマーケットが大混乱に陥った時にこそ威力を発揮する。ピクテでは、石油ショックやブラックマンデーといった修羅場においていつも焼け太りのように顧客資産の増加を見ている。他の銀行や運用会社から絶対的に安心できるピクテへ顧客が移ってくるのだ。

そういったケースを目撃するにつれ、ピカピカの顧客サービスや高度なシステムが隠れたマーケティングなんだと澤上は確信している。

いくら黒字になったとはいえ無駄な贅沢は一切しない。そういった質実剛健さは絶対に崩さない。されど人材の確保ならびに養成、そしてシステム強化など必要な先行投資にはお金を惜しむまい。

いつの時代になっても、この企業文化は大事にしたいと澤上は一人考えていた。

そしていよいよ澤上は理想の実現に向け加速し始める。

「長期投資による本格派の投資信託を直接販売していくぞ。日々を一所懸命過ごす一般家庭を顧客の中心とし、企業を応援する長期投資の概念を普及させるぞ」

新入社員にいつもの訓戒を述べ、次いでこうつけ加えた。

「まったく新しいものを次から次へと世の中に定着させていくのは、やりがいのある挑戦である。常に時代を先取りし新しい価値観を広めていくことにこそ、さわかみ投信の存在理由があるのだ。しかし新しい価値観を打ち立てていくには、ありとあらゆる抵抗や障壁を打破していかねばならない。それには全社員が一丸となって燃える集団を目指すことが不可欠だ」

さわかみ投信では以前より社員全員が集まる全体会議というものを実施していた。

「おい、今からやるぞ」

小所帯であった頃は、澤上のその一言で皆が集まった。しかし、さすがに人員が増え各部署の仕事も多様化し始めていた二〇〇二年以降は、「おい」では済まされなくなっていた。

そこで全体会議は毎週月曜日の朝八時からの開催とした。月曜日の朝だから、その週の予定も共有できるので都合が良い。一週間頑張っていこうと皆で掛け声も合わせられる。

したりとばかり毎週月曜日の全体会議に臨んでみたものの、いざ始めたら話し合いであっという間に昼となってしまう。週明けから仕事にならないではないか。

仕方なく、毎週月曜日の朝は予定の共有だけとし、全体会議は第一と第三月曜日の午後にやろうということになった。二〇〇二年六月のことだ。

それ以降も、月に二回の全体会議では様々な議題が出た。それまでは澤上の発案に皆でワイガヤをする程度だったものが、新しい社員が増えたことでテーマの幅が広がったのか、二〇〇四年には社員提案の方が多くなっていた。

「女性社員が少ないので採用の門戸を広げませんか？」と熊谷が言うと、「いや、若く鍛え甲斐のある人材がほしいと社長が常々言っている。そうであれば、採用担当も若い社員がすべきだろう」と龍が重ねる。

「信託銀行を自らつくりましょう」と平野の発言があれば、「ファンド仲間向け報告書の余白がもったいないので社員がコメントを書きましょう」と熊谷がまた前に出てくるといった具合だ。その他、多くの議論を尽くした。

採用担当は正式に龍と熊谷が担うこととなった。非公式に進めていた頃と比べ、会社のコーポレートサイトなどを拡充したことで大量の若い社員を得るにつながった。

また報告書の余白は『パワーあふれる投信会社』という名称の下、月に二回の発信機会の争奪戦が始まることとなる。

報告書の三枚目以降のコラム執筆という澤上の専任業務に、『アナリスト冥利に尽きる一年』というタイトルで二〇〇一年に龍が風穴を開けた。しかしそれ以降、続く者はなかった。そのコラムに対し澤上が「血の滴るような分析力が不足」と三ヶ月間の執筆地獄を龍に課したからだ。

しかし余白を使った一言コメントならハードルは低い。前のめりな社員が多かったため『パワーあふれる投信会社』はその後もファンド仲間を楽しませる一大コンテンツとなっていく。

社員の増加に反比例して設立の想いや意義、熱気が薄まっていくことは避けなければならない。澤上は全体会議を非常に大事な時間と定めた。だらしのない株式市場の雰囲気に飲み込まれないよう、まずは社内を活性化させねばならないと再度意気込んだのだった。

「いいか、ここから一気にスピードを上げるぞ」

さわかみ投信は黒字を機に目一杯帆を広げた。幸運にも風は追い風に変わった。向かうところ敵なしと、社員全員が気合いと情熱に満ち溢れていた。

第四章　勇気

功労者の転出

「社長、法科大学院に挑戦させていただけませんか？」

岡からの突然の申し出だった。

「いつからだ」

「すぐにでも。正確には今すぐ受験勉強に集中したく、という意味です」

「そうか。ウチは学ぶ人間をトコトン応援する会社だ。むしろお前は論理的な面が強いから、その分野を伸ばしたら面白くなるかもしれない。ウチに法律の専門家が生まれるのも大歓迎、反対する理由はない」

およそ三年間、取締役兼ファンドマネージャーとして頑張った岡だったが、澤上は「よし分かった」と得意の即答をした。

「現状どおりの給与は保証する。その代わり本気で取り組めよ」

さてファンドマネージャーの後任は誰にするか。十名を超す運用調査部員の中でメキメキと力を発揮している龍でいくかと、澤上は再び即決した。その一計を隠し、後任について岡にも尋ねたところ迷うことなく同じ名を挙げた。

かくして二〇〇四年六月にさわかみ投信の三代目ファンドマネージャーとして龍が就任することになるのだが、就任までの僅かな期間には紆余曲折があった。

二〇〇四年五月末をもって取締役業務管理部長の田子が退任した。

田子は創業間もない頃から献身的な仕事ぶりでずっと澤上の右腕を務めてきた男だ。その田子が二〇〇四年三月九日に設立された直販投信第二号の『ありがとう投信』に転出することになったのだ。

ありがとう投信の発起人である税理士たちに熱く請われ、澤上自身が「お前しかいない、頼む」と田子の背中を押したのが実のところ。人材を世に送り出すことも、さわかみ投信の挑戦の一つだった。

ありがとう投信転出に伴い、田子は抜群の体力と情熱を併せ持つ熊谷を所望した。

「龍、お前どう思う」

独断の澤上も、さわかみ投信でひたむきに突っ走る熊谷の進退については即決しなかった。熊谷の兄貴分である龍の意見を聞きたかったのだ。

絶望の淵に沈むと思う……それが龍の答えだった。

誰よりもさわかみ投信の発展を願い、それを全身で表現する熊谷だ。さわかみ投信にとっても、このタイミングで熊谷を失うのは惜しい。また、本流から外されたなどといった誤解が生じてもつまらない。

澤上は明日にでもありがとう投信行きの切符を熊谷に渡すつもりだったが、龍の提言に「分かった」と一言だけ発したのだった。

熊谷の転出話が闇に葬られようが、田子のそれは決定事項だ。その翌日、澤上は全社員の前で田子のありがとう投信行きの通達と、「田子の後任は龍だ」という宣言をした。社内は騒然とした。

田子がいなくなって大丈夫なのか。しかしなぜその後任がアナリストの龍なのだ。そんな声ならぬ声が皆の表情から窺えた。

一人、龍は社長決裁を黙って聞いていた。実は熊谷の件と合わせ、「お前には業務管理部長をやってもらうからな」と言い渡されていたからだ。それにしても、翌日に発表とはどういうことだ、と龍は驚いた。他に相応しいと思われる先輩社員たちへの配慮がない。根回しや事前にショックを抑制するような類の気遣いは、澤上の知らない世界だ。

そういった経緯もあり、二〇〇四年四月より龍は業務管理部長に着任している。アナリストの調査業務にやりがいを感じてはいたものの、業務管理体制の構築という新しい挑戦にも興味をそそられたのだ。

二〇〇四年ともなると、さすがのさわかみ投信でもファンド仲間からの引き出しが発生していた。

ファンドの換金においては間違いなく本人に金銭を届けなければならない。追加購入よりも神経を遣う作業だ。名義詐称の引き出しを看過するなどあり得ない。そのためファンドの換金時には、システムが保持する個人情報との照合、つまり依頼者の本人確認を確実に行う必要がある。

また春は引っ越しの季節だ。さわかみ投信が誇る数万名のファンド仲間の一部の引っ越しでも、件数にすると膨大な量となる。

新しい顧客対応業務が相次ぐことが予想されたため、さわかみ投信では口座開設書類に押印されてくる印影をコンピュータに取り込み、自席で照合できる仕組みを構築中だった。手続きの度にキャビネットへ走っていては間に合わない。新任の龍は、全体の進捗を見つつシステムの不具合やオペレーション上に遺漏がないか最終チェックに励んだ。

龍は業務管理部の新体制構築と同時並行で戦略室という任意組織を立ち上げていた。必要なこと、面白いことを有志で行う何でも屋集団だ。

さわかみ投信が成長するためには、日々の業務を行うだけでは足りない。夕方の有志勉強会などで出たアイデアを言いだしっぺが実行する文化がさわかみ投信にはある。しかしなかなか推進力を得ることができず、何より個人に帰属する案件のために自然消滅してしまうことも多々あった。それをある程度組織化し、各部との調整を行おうと考えたのが戦略室発足の背景だ。

岡の退任劇はそのような矢先の出来事だった。

「龍、早い段階でファンドマネージャーになってもらうぞ」は、ほんの二ヶ月前の「業務管理部長になってもらうぞ」と同じ手口である。

岡が法科大学院の受験準備に入ったこともあり、龍に対する運用業務の引継ぎは細切れ状態、なかなか進まない。

運用ポートフォリオのコンピュータ処理も、結局は龍が自分なりにシステムを構築することとなった。同時に、新米とはいえ業務管理部長でもある。ファンドマネージャーというバトンを受け取りつつ、業務管理部長というバトンを渡さないといけない。立ち上げたばかりの戦略室を解散させ、六月になってようやく「もう大丈夫」と澤上に告げ、龍のファンドマネージャー正式就任となったのだった。

「世襲のため実績のあるファンドマネージャーの岡さんを追放した」

世間の陰口だ。

澤上は周囲の目を気にするタイプではないため、それらの囁きに心を乱すことなく、しかし龍には厳しく対応した。

「いいか、運用とは大軍を指揮していく行為だ。研ぎ澄まされた戦略の上に、持ち得る武器弾薬をどう配分していくかということに尽きる。お前は歴史が好きだから分かるだろ?」

龍には全然分からない。

「大事なのは美意識だ。五年後、十年後をどのようにしていきたいかというお前の意識が運用に現れる」

更に分からなくなった。

澤上は自らの長い運用経験を教えることなく、自分で考えろとばかりに龍をマーケットに放り込んだのだった。

「シュウチュウですか?」

「シュウチュウ……はい、集中してください」

株式売買の発注方法すら教えられずに始まった龍の指揮官人生は、焦りや恥との戦いだった。

「シュウチュウというのは週中といって、その週に約定するまで注文を出し続けることですよ。週が終わるまでに約定しなかった場合は注文取り消しとなります」

証券会社のブローカーが溜息交じりで龍に教える。

「コメコーは全出来ですが、追加出しますか?」

「コメコー？　全出来？」

さながら前線で戦う部隊に、指令を暗号で出しているようだ。ふと、澤上が大軍を動かせと言っていたことを思い出した。

いや、そういうことじゃないはずだ……龍は自分自身を突っ込むも次第に余裕がなくなってくる。

「すみません。分かるようにお願いします……コメコー？」

「日本精工の注文はすべて約定しましたが、追加発注はありますか？　ということです」

暗号の発信元である証券ブローカーに解読を依頼した。

「先週からＢＳ（ブリヂストン）を立て続けに買っているようですが、ウチで集めましょうか？」

なるほど、特定の証券会社に繰り返し発注をすると手の内がばれるのか。龍は運用の小手先のことはすべて証券会社との電話のやり取りで学んでいった。

近くの席で原稿を書きつつ、そんな発注の電話に耳を傾けていた澤上はニヤニヤしていたことだろう。龍は背中でそう感じていた。

悪乗り

さわかみ投信で最も尊重される言葉の一つに悪乗りがある。面白がって何にでも挑戦しようという、澤上が社内に根付かせたい文化だ。

「二艘のヨットで駿河湾を楽しみませんか」

二〇〇四年七月、澤上と付き合いのあった沼津市から海遊びの誘いがあった。

久々に仕事以外の時間を社員と過ごす。こういった時間はシチューの会やサッカーの試合以来、久しぶりだ。澤上は社員とその家族を誘った。

ヨットを趣味とする岡の周りに、さわかみ社員と家族の計二十名が集まった。ライフジャケットの着方や海上での心構えやら、岡の指導を受けるためだ。

一通りの準備を終え、いざ駿河湾へ。青空の下での航海は社員の気持ちを開放的にする。

岡の指導を無視し、まず佐藤が海に飛び込んだ。佐藤紘史は上智大学で澤上の講義を聞いた一人だ。

「いいか。学生の時分はお利口ちゃんになったらいかん。社会人になるために学歴や資格が必須だと世間は言うが、そんなもの社会では通用しない。社会で生きていくということはそう甘くないんだ」

「お前らどうせ時間を持て余す学生なんだから、一つや二つ暴れたという経験を積め。俺の話なんか聞いている暇なんてないんだぞ。いいか、暴れるなら本気でやれよ」

経営論の講義として相応しいのか、学生たち約百名は狐につままれたようだった。しかし内容は面白いしトークの歯切れも良い。皆、集中を切らすことなく澤上の講義に耳を傾けた。そのような中で佐藤が手を挙げ質問をした。澤上を試したくなったのだ。

「お話を整理すると、今、教室で良い子ぶっている僕たちよりも暴走族の方がまともだということでしょうか？」

「違う。群れたらいかん。一人で暴れろ」

佐藤は上智大学を卒業後、ヒッチハイクで京都に向かいそのまま左官屋に弟子入りをした。しかしいかに優秀な職人であっても、経済が回っていなければ仕事はなくなってしまう。また、あろうことか技術や材料である土を大切に考えているのは日本ではなく外国勢だ。そのようなことを知った佐藤は、お金を回すことが先決とさわかみ投信の門を叩いたのだ。

佐藤が海に飛び込めば廣瀬も続く。

廣瀬陽太は環境アセスメント会社で働いていたが、父親の株式投資好きも影響してさわかみ投信のことを知り入社を決めた。自然や昆虫を愛する、良い意味で青臭い人間だ。社会を渡り歩く巧妙な策を嫌い、何事にも真っ直ぐかつ真っ先に挑戦するタイプだった。単に要領が悪いという面も否めなかったが。

廣瀬の面接を担当したのは龍と熊谷だ。

「廣瀬君はお酒が好きですか？」

面接だというのに二人は居酒屋へ移動しようと誘ったのだ。他の勉強会や突然の来客応対があり会議室が埋まっていたのが真相なのだが、事情を知らない廣瀬は「いいですね」の一言だった。

「尊敬する人物は？」と熊谷が聞くと、「アントニオ猪木です」と返ってくる。面接に来た人間を居酒屋に連れていくなど龍と熊谷も常識から外れているが、アントニオ猪木と答える廣瀬も同類だった。

青天の下、若手中心に海の上で大いにはしゃいだ。学歴も経験も不問としていたさわかみ投信の採用姿勢に風変わりな若武者たちが数多く入社していたが、駿河湾の航海は互いの心を裸にする良い時間となった。そしてこの時から、沼津市との因縁のような関係が始まることとなる。

黒字会社となったさわかみ投信。沼津の青空の下で翼を広げた澤上は、それまでできなかったことを次々と実現させていった。

まずは家族手当だ。家族一人当たり月三万円を支給することを決定。四人家族なら本人を除いた三名分として月九万円が給与に加算される。その代わり年功序列的な給与体系を廃し、想いと実力主義を徹底した。仕事上の査定は厳しくなるものの、家族のいる社員に少しでも気持ちの余裕を持ってもらえればと澤上は考えたのだ。

さわかみ投信はファンド仲間の大切な資産を預かり増やそうとしている。時に社員は時間を忘れて働くこともあろう。しかしその家族には心配をしてもらいたくない。

夜食制度も導入された。一部の社員は毎日終電時間まで働いている。そんな彼らの胃袋を会社が満たしてあげたい。

澤上がキャピタル・インターナショナルで働いていた頃、ちょっとしたサンドイッチが会社に常備されていた。それを頬張り深夜まで働き抜いた経験からの発案だ。

ありがたいことに、今は会社の資金繰りに余裕がある。

「今夜は会社がメシを出すぞ。餃子もつけよう」と言って社員を鼓舞した時代は終わり、今や堂々と夜食代を出せるのだ。ダラダラと残業をして夕食代を浮かそうなんて次元の低い社員はいない。むしろ、会社も大きくなっており、やるべきことは山積みだった。

毎日の当番を決め、早朝に市谷の郵便局へ郵便物を取りに行く作業も始まった。郵便の配達を待ってからでは一日の仕事の取り掛かりが遅くなる。自分たちで受け取りに行けばそれだけ早く一日の仕事を開始できる。社員同士で自発的に始めた制度だ。

「良い盛り上がりだ」

澤上は内心喜んでいた。

そうなると、社員旅行もやろうと悪乗りムードがどんどん高まる。

九月にさわかみ投信初の社員旅行を実施。どうせ行くなら経済発展が著しい中国は上海を見てみようではないかとなった。

社員を二組に分け三泊四日の上海旅行に出立。前半組と後半組とが土曜日の夕食時に合流する手筈だ。爛々とした目でアナリスト業務に勤しんだ元社員の許が予約してくれたレストランで、社員全員が上海の夜を楽しんだ。

「どうだ、少しは慣れたか？」

澤上が隣のテーブルで上海料理を頬張る龍に声をかけた。声音からご機嫌な様子が窺えた。

「ウチの投資運用は普通のものとは違うぞ。分かるか？」

龍は箸を置く。

「他所の運用会社は目先の運用成績を気にするだろ。成績を追い求めては、運用資金の獲得競争にどっぷり浸ってしまう。口では長期で運用収益の向上を目指すと言ってるが、毎年の成績を叩き出すことに血眼となっているのが普通の投資運用の実態だ」

「本当はそんなことやっちゃいかん。成績という数字を追いかけるあまり、経済の拡大発展にお金を回すという投資本来の役割を忘れてるじゃないか。それで後は野となれ山となれでは無責任極まりない」

いつの間にか、澤上の講義を聞こうと社員が一つのテーブルに集まっている。

「お前らも今日、発展著しい上海を見たろ。誰かが最初にリスクを取ったことが今につながっている」

「ウチの投資運用も同じなんだ。経済の拡大発展に貢献しないといけない。だから目先の数字など追う必要はないし、販売促進のために運用成績を競うこともせん」

「いいか、大事なのはより良い社会を築いていく方向で頑張っている企業を応援することだ。個別企業の成長を早い段階から読み込んで、皆が売っている間にさっさと仕込む。それで市場評価の高まりをじっくりと待って利益確定の売りを出す。これが本格派の長期投資というものだ」

　フンフンと言わんばかりに皆が頷く。

「長期的に価値が高まっていくものを安く買っては高く売るということを繰り返していけば、時間の経過と共に成績はどんどん積み上がる。ポートフォリオを見たらウゲ、ウゲーと言われるくらいでちょうど良い」

「ウゲー？」

　酒気帯びの肥後が真意を尋ねる。

「なんでこんなにも市場から見放されているダメ企業ばかり組み入れているのだ……とウンザリされるのが理想の姿なんだよ。成績成績と功を焦り、それが高額報酬につながる一般的なファンドマネージャーにはとても我慢できない地道な作業の連続だ。それがウチのスタイルだ」

　澤上は龍を見た。

「今お前がやろうとしていること、そのまま続ければ良い」

　社員に対する講義が再開される。

「ウチは個人の名誉栄達のためにあるんじゃない。成績さえ積み上がっていけば、いずれ巨額の運用資金が向こうから集まってくる。だから、それこそ大軍を動かすようにどっしりとした運用というものを身につけなければならない。ひたすら成績を追いかける小手先の運用などとても通用しないんだ。ちょこまかと運用して成績を競えるのは、せいぜい二百億円とか三百億円くらいだろ。ウチはそれを大きく超えていくぞ。だからウチのファンドマネージャーは華やかさとか花形の職場といったものとは無縁なんだ」

これは公開お小言か……テーブルの最前線に座っていた龍は体を小さく丸めた。しかし澤上の次の言葉に鳥肌の立つような身震いを覚えた。

「いいか、ウチは直販だ。お前らもファンド仲間の皆様からの期待とか、信頼をひしひしと感じるだろ。だから今のような規模じゃ話にならん。さわかみファンドは一千億円を突破し、名実共にメガファンドの仲間入りを果たすんだ」

さわかみ教とその信者たちと揶揄(やゆ)されたさわかみ投信。龍は、それでも信頼し期待を抱いてくれるファンド仲間に何とか報いたいと目標を探していた。

口座開設時に集める本人確認書類から、本籍部分だけを黒塗りにしなければならないという制度が施行された時のこと。淡々とした作業の中で、運転免許証のコピーにあるファンド仲間の顔写真を見る度に、龍の中で強い想いが芽生えた。

「この人たちに喜んでもらいたい」

ファンド資産額一千億円突破。メガファンドの仲間入りを果たす……。

そこらの怪しいファンドではなく、世の中が認める一人前のファンドの基準値が一千億円のファンド資産額。一千億円さえ突破すれば、信者という汚名を返上させられる。メガファンドの卵を最初に見出したという誉(ほまれ)に変わる。それこそが、我々にできる報いではないか！

上海の夜を境に、龍のみならず社員全員がファンド資産額一千億円の突破、すなわちメガファンドの仲間入りを果たすことを夢見るようになった。

その年の暮れ、ファンド仲間数四万五千名弱、ファンド資産額は八百億円に到達した。

自立して堂々と生きていこう

伸び盛りの会社は勢いが半端ではない。さわかみ投信、そしてさわかみファンドに対する世の中の関心はどんどん高まっている。

そのような折、澤上宛に沼津市の産業振興課から地域経済活性化のアイデアを伺いたいと依頼があった。

「龍、お前行ってこい。それと幹樹……平野もだ」

平野健英は龍と同じ一九七五年生まれ。若い頃のやんちゃぶりは大人になっても収まらず、真面目に黙々と働くというよりは発想力が求められるクリエイティブな仕事を好む性格だった。

「何話します？」

「やはり産業振興というくらいだから、地場産業の育成や観光業の発展が目標じゃない？」

「じゃあ俺は観光業への提言をしてみるよ」

「そしたら、その後にまとめるかたちで長期投資の有用性について話そうか」

毎週の金曜勉強会で人前でのプレゼンテーションは鍛えられている。三人はそれぞれのアイデアを持って意気揚々と沼津へ向かった。


当日の相手は十数名の企業経営者や市役所の管理職の人たちだった。年齢は三人よりだいぶ上だが……大丈夫だ。

まず龍が、沼津市の現状から観光業の可能性について話し始めた。

「ラスベガスの例を見ても、カジノはレストランやホテルなど周辺産業を牽引する効果を持っています。外貨の獲得、つまり観光収入を上げていく策として一つの突破口になるはずです。加えて一般に言われる治安の悪化も問題ありません。現在の日本のパチンコ産業のように法の隙間で行っていることの方が問題なのです。三店方式のようなものを看過するからややこしい業者が生まれる。堂々と行いさえすれば、むしろ治安が良くなるばかりか、パチンコ産業の二十兆円の一部が沼津市に流れてくるのではないでしょうか」

データを用いて龍は熱弁した。

次いで熊谷が話し出す。

「観光収入というビジネスを構築するために、私たちさわかみ投信の長期投資の考え方が役に立ちます。長期投資は一般的な利回りを求める運用とは違い、リスクを取って何かを生み出そうとする行為です」

最後は平野の締めで一時間強のプレゼンテーションは幕を閉じた。澤上以外による外部セミナーは初のことだ。三人は高まる興奮を抑えられぬまま感想を待った。

「あーあ、まだまだ若いな」

「あのね、そういうことを聞きたいんじゃないんだよね。我々はスキームの提案をしてほしいの。若者に理解できるように言うと、つまりレールを敷いてほしいだけなんだよ」

「はいはい、お疲れさまでした」

酷評だった。

稚拙(ちせつ)さはあったが、それでも三人は真剣にそして熱く語った。しかしプレゼンテーションの内容に対する言及はなく、そういうことじゃないんだよねの一言で三人から高ぶる気持ちを一瞬で奪ったのだった。

失望感と悔しさで立ち尽くす三人。早く会が終わってくれと願うも、まだ予定の終了時刻まで十分ほど残っている。

欠伸（あくび）やら世間話やらが生まれようとする雰囲気の中、スクール形式に並べられた席の一番後ろから大声が上がった。

「若者の熱意にそんなことを言っちゃいかん！　夢があるから若者なのだ。俺は面白かったぞ」

坊主頭の一見怖い風の人の一声で室内が引き締まった。

「確かに……若いのに良く頑張った」

パラパラと拍手が起こり、会は幕引きとなった。

終了後、三人は真っ先に最後尾に座る強面のところに行った。

「ＭＫ義塾塾長の水口です。今日は面白かったよ。また頑張りな」

三人は帰りの新幹線で形式的な乾杯をした。缶ビールを啜（すす）るように飲むも、誰も話そうとしない。無言状態が続く。

車内販売のワゴンが通り過ぎようとした時、平野の「すみません、ビール一本ください」に俺も俺もとようやく重たい口が開いた。

二度目の乾杯の儀式の後、熊谷が呟いた。

「悔しい」

「そう、悔しかった」

龍も続く。

このままで良いのか、いや良いわけがないだろう……絶対にリベンジしてやる。

リベンジ計画の密談が始まったことで、ようやくいつもの三人へと戻っていった。

「次は地域経済活性化などのようなお題目を偉そうに話すのはやめよう」

「じゃあどうする?」

「そもそも今回は相手が悪かった。若い人向けにやったら良いじゃないか」

「そうか、若い人向けか」

自らの失態を相手のせいにすることで、三人の調子が完全に戻った。

「よし、次は若い人向けにやろう」

明日、社長に相談しようと三人のビールのペースが速まった。

そして翌月、あの沼津でリベンジの機会を得た。澤上が三人からの報告を受け、人を集めたのだ。

次は三十代から四十代が中心。さわかみ投信側から講義をするのではなく、自己紹介がてら各々のメンバーが五分程度話し、残り一時間はすべて質問を受けようという変わった勉強会だ。

終わってみて、まあ盛り上がったというのが率直な感想だった。しかし前月に悔しい思いをした三人にとっては楽しいの一言。「またやりたい」となった。

後日、全国あちこちで勉強会をしたらどうかという意見が全体会議の議題になった。それまでは澤上が講演依頼を受ける一方だったが、今後は自ら乗りこんで長期投資の素晴らしさを披露する。しかもさわかみの一般社員がだ。

夕方の有志勉強会も終わり、発泡酒を手に熊谷が発言した。

「社長、今日の全体会議で決まった全国の勉強会ですが……」

「何だ?」

「勉強会の名称はどうしましょうか？」

澤上は即答する。

「長期投資で経済的自立を目指そう。それでもって堂々たる人生を送ろう、で良いんじゃないか」

かくして、さわかみ投信の伝統行事、『自立して堂々と生きていこう勉強会』が生まれたのだ。


第一回目の開催地をどこにするかで、入社して間もない仲木が早くも仕切りの才能を発揮した。仲木威雄は、関西大学でバスケットボール部の主将を務めた体育会系の男だ。龍と熊谷が仲木の採用面接を行ったが、僅か五分で面接は終了。

「威雄という名のとおり、会社で暴れてくれ」

即入社となった。

そんな仲木が婚約者の親元の広島県福山市で第一回目の勉強会をやりたいと言い出したのだ。悪乗りはさわかみ投信の十八番である。すぐに決まった。

二〇〇四年十二月十九日、特別の想いを抱いて緊張する仲木の司会の下、さわかみ投信の自立して堂々と生きていこう勉強会が開催された。

外の世界で、参加者を前に日頃の想いを自分の口で伝える。いざ人前に立つとなかなか思うように話せるものではないが、それゆえに勉強会後の反省会が価値あるものとなる。ましてビール付きだ。ストレートで熱気のこもる反省を超えたその会も、またさわかみ投信の伝統行事となった。

周囲の乗客に迷惑とならないよう注意はするが、しかし熱くなったものは止められない。さわかみ投信は度々「うるさい」と怒られたのだった。

対立

二〇〇五年一月、金融庁の検査が入った。

さわかみファンドの基準価額は二〇〇二年末を底に順調に推移し、いまや毎日のように新高値街道を突っ走っている。経営も黒字化し、三月末決算では累損も解消できる見通しだ。何よりも、さわかみファンドを丁寧に直接販売しているため、ファンド仲間からのクレームは限りなくゼロに近い。

「さあ、いくらでも検査してください」と澤上は自信満々だった。案の定、金融庁の検査は極めてスムーズに進んでいった。

毎日の夕会で「本日も基準価額を更新しました。ファンド資産額も過去最高です」の発表に拍手が沸き起こるのを横で聞きながら、検査官には会社の勢いを実感してもらえた。

ところが検査も終盤に近づいた時、検査官が一部の古い書類に首を傾げた。一九九七年に海外の投資家顧客に頼まれて二件の買い注文を出した時の書類だ。

当時のさわかみ投資顧問は投資助言業者のため、投資家顧客の売買発注は一切できない。当然そのルールはしっかり守ってきた。但し、海外においては投資家顧客との個別契約が優先される。

時差の関係もあるからと、その顧客は二件の買い注文を出してくれとファックスで依頼してきたのだった。投資顧問業法で助言業者は発注できないということを知らない海外からのファックスだ。

長く海外で投資運用ビジネスに携わってきた澤上は、投資家顧客からの注文は執行しないと契約違反となることを熟知している。そこで、やむを得ず二件の買い注文を出した。それ以降はその顧客に説明をし、発注はできない旨の了承を得たから二度とファックスが届くことはなくなったが。

検査官はその二件が法律違反だと指摘した。無論、澤上も助言業者が発注できないのは承知している。

「海外顧客との契約に基づいた判断です。しかも時差の関係でやむを得ない状況だったのです。これは投資顧問業法が謳う投資家保護の精神から逸脱しないのではないでしょうか？」

澤上は食い下がる。

「いや、立派な投資顧問業法違反です」

「海外では個別契約が優先されます」

堂々めぐりだ。

「二〇〇二年五月の検査では指摘されませんでしたよね。そもそも投資助言業務は一九九九年の末に終了しているんですよ」

澤上はそう主張するも、検査官との対峙は続く。

このままでは検査が終わらない。業務管理部長となっていた村田が間に入って途方に暮れていた。

「社長、もう折れてください。検査官というか金融庁の判断次第では認可取り消しとなるかもしれません」

村田の必死な訴えに澤上は、「分かった。検査官の指摘を受け入れる」と言い、その旨を村田から検査官に伝えたことで検査は終了となった。

三月、さわかみ投信に一ヶ月間の業務停止命令が出た。五年以上も前に終了していた助言業務に対してだ。

事情を知らないファンド仲間や世の中に対し「えっ、さわかみ投信が業務停止命令?」と驚きや失望を与えてしまった。真面目に仕事をしてきたさわかみ投信には不名誉極まりない汚点となった。

「認識の相違とはいえ、業務停止命令は事実です。素直に受け止めて、今日からまた頑張りましょう」

大澤が社員全員にテプラでつくった細長いシールを渡して歩いた。それを各々のコンピュータに貼り、忘れず戒めようというのだ。

Remember 3.31

しかし龍は釈然としなかった。

ファンド仲間に心配をかけた事実はそのとおり。決して忘れてはならない。だが、その海外顧客はさわかみ投資顧問の迅速な行動に喜んだのではないか。法令順守に思考停止するのではなく、法は守るものの高い倫理観と美意識を軽んじてはならない。一枚のシールで戒めるのではなく、常に誰のための仕事かを考えて行動したい。議論を尽くそう。形骸化はごめんだ。

その翌月となる四月、個人情報保護法が制定され、個人のプライバシーに関する情報漏洩が厳格に処罰されることになった。

先の業務停止命令もあり、社員全員でこの件を徹底的に議論した。

さわかみ投信では、ファンド購入時にファンド仲間本人の意思確認を電話またはファックスで行っている。ところが個人情報保護法の制定によって、電話やファックス連絡で果たして大丈夫だろうかという不安が高まったのだ。

「社長、そろそろＷＥＢ取引を検討しましょう」

かねて議案に挙がっている件が現実味を帯びて浮上してきた。

ＷＥＢ取引とは、ファンド仲間一人ひとりにＩＤとパスワードを発行し、それでもって入出金の入力をしてもらえば本人確認は万全だという概念だ。しかし取引をＷＥＢ化するにも、そのシステムを開発するのは難題だ。投資信託の直接販売など、さわかみ投信とありがとう投信しかやっていない。出来合いのシステムなどなく、ゼロから開発依頼をする特注システムとなってしまう。費用も莫大にかかるだろう。

そういうことなら自前でつくるべしと、いつもの自前主義が表に出始めた。

ＳＣＳをベースに社内開発すれば使い勝手の良いカスタムメイドのＷＥＢ取引システムができるはず。痩せ態に相談すると「できるでしょう」と言う。以前とまったく同じ、あっさりとした回答だった。

そこで痩せ態は勤めていたシステム会社との契約を打ち切り、二〇〇五年五月に資本金一千万円で『ウルソンシステム株式会社』を設立した。ウルソンとはフランス語で仔態を意味した。

開発はさわかみ投信の社内で行えば良いだろうと澤上は考えていたが、理想主義の痩せ態は本格化すれば二十数名の技術スタッフとコンピュータ、サーバーが必要になると訴えてきた。相当に広いスペースが必要になるとの主張に澤上はそういうものかと同意、御徒町にウルソンシステムのオフィスが完成した。

後日、龍は加速するシステム開発費に懸念を抱き、絶対権限を持つ澤上に反対の意を表明した。理由は延々と続く莫大な資金提供だけでなく、さわかみ投信自体の雰囲気が悪化する恐れを感じたからだ。投資運用や直接販売対応という本業以上に、システム開発に社員の時間が割かれると本末転倒になる。誰のための仕事なんだ。法対応が仕事なのか。

その時はまだ、長く苦しい旅の出発点に過ぎなかった。


併せて龍が反対していたのが、おらが町投信構想だった。

さわかみ投信の成功を受け、二〇〇四年にありがとう投信が立ち上がった。澤上は、第二第三のありがとう投信の立ち上げに奔走し始めていたのだ。もちろん澤上自身が立ち上げるわけではない。同じ志を持った別の人間の立ち上げを全力サポートするというものだ。

「いざとなれば澤上社長が助けてくれますから」

明るくそう語るおらが町投信代表候補に、生意気にも龍が詰め寄る。

「そんな甘い考えでは無理ですよ。上手くいきません」

さわかみ投信がここまで来るのにどれほどの努力があったか。そう伝えたかった。

「龍さん、失礼ですよ」

大澤が龍をたしなめる。

大澤眞知子は外資系金融機関のフィデリティに勤めていた時、社内掲示板でさわかみ投信のことを知った。

「営業もなしに受益者が増え続けているなんておかしい」

その事実を確かめたく、興味を持ったさわかみ投信にそのまま来てしまったのだ。澤上にラブレターを提出しての入社だった。


澤上のおらが町投信構想は、真に受益者のための投資信託が日本に足りないという現実を嘆いたことから発生している。

日本人、とりわけ一般家庭の人たちには本格的な資産運用が必要となる。その時、さわかみ投信だけだったら受け皿として少ない。日本全国におらが町の投資信託があれば、多くの人が安心して投資を始められるだろう。

大きな構想だった。

しかし構想の大きさを理解できない龍は、徹底的に反対派の頭目を貫いた。

まずはさわかみファンドの資産額一千億円を目指すべきだ、それ以外のことに注力している暇はないと。しかし澤上は一度決めたものは撤回しなかった。


後年、澤上の構想そしてサポートから生まれたのが、大阪をおらが町とする『浪速おふくろ投信』、教育関連を中心とする『楽知ん投信』、山陰地方の『かいたく投信』、そしてそれらを束ねたクローバー・アセットマネジメントだ。そこに『ユニオン投信』『セゾン投信』『鎌倉投信』『レオス・キャピタルワークス』『コモンズ投信』などを加え、おらが町投信構想が次第に独立系直販投信の発足へと向かっていく。

準備

さわかみ社員の夢が目前に迫っている。ファンド資産額がいつ一千億円を突破してもおかしくない状況となっていたのだ。

いつもの全体会議でまた熊谷が発言した。何かを思いついては会議の場に仰ぐのが熊谷の習慣だ。

「一千億円を突破したら記念冊子をつくりませんか？」

いいね、やろうと満場一致で可決。

「では僕が取りまとめます。いつ一千億円を突破するか分からないので、原稿は早めにいただくこととなります。期限は……三週間後で大丈夫ですか？」

これも可決。

「原稿をいただいたら体裁を整えていきます。ですので、出来上がった人からメールで送ってください。原稿はワードですよ。手書きは不可ですよ、社長」

澤上は毎回の原稿執筆に裏紙と鉛筆を使う。熊谷は事前にそれを制した。

「では平野さん、デザインはお願いしますね」

記念誌は五千部限定、先着プレゼントとした。余っても仕方がない。

会議直後、熊谷が澤上を呼び出した。

「社長、お願いと相談があります」

「どうした？」

「二年くらい前に外部の若手と交流会をしました。その時、給与が低く残業続きでも儲けが出ないのはプロフェッショナルではないと言われました」

「それで？」

「ビジネスにおいて儲けは汚いものじゃないですよね。むしろないと困るものだと僕は思います。ただ、その儲けを追求するのがプロフェッショナルという点がどうしても理解できません。僕が甘いのでしょうか、それともその外部の人たちが間違っているのでしょうか？」

「あのな、お前が美しいと思うことに集中すれば良いんだよ。人の意見に左右されても面白くないだろ」

「それはそうですが……」

「一応言っておくぞ。儲けは汚いものでもなんでもない。儲け、つまり収入は大切だ。いくら感謝されてもビジネスを継続できなかったらそれこそお客さんが困るだろ」

「はい……」

「いいか、収入は大事。でもどうやって収入をいただくかが肝心だ。ウチは世の中にないものをつくろうとしているだろ」

「………」

「だろ？」

「はい」

「どこから儲ける？」

「………」

「儲けちゃいけないんだ。いや、儲けは計算するものではないんだ。まずはファンド仲間の皆様に喜んでいただく。社会を豊かにするお手伝いをする。そうしたら、さわかみさん頑張って、と皆に応援される。お前がいつも企業調査をしているのと同じだ。

こんな企業に十年後も頑張ってほしい、だからウチが投資するよ、まさにそれだ。いいか、儲けるんじゃない。儲かるんだよ。本当に皆様が必要としてくれるなら、間違いなくウチは大きくなる。そうしたら勝手に儲かるんだ」

「勝手に儲かる……」

「そうだ。だから儲けようという悩みは捨てろ。儲けない勇気を持て。そして自信を持ってファンド仲間や未来に貢献しろ。いつも言ってるだろ。ファンド仲間を集めちゃいかん。ちゃんとやっていれば集まってくるんだと」

「そうですね……そうですよね！」

「それと大事なのは、儲かった後だ。そのお金をどう使うかが問われる。てめえてめえで懐に入れてもカッコ良くないだろ。どんどん面白いこと、社会がビックリして喜ぶようなことに使っていくんだ。儲かってしまうからこそ、使い方を勉強しなければならない。その結果、世の中にお金が回るだろ。しかも、皆が思う良い方向へ。それこそが民間版の景気対策になっちゃうんだよ。せっかく生きているんだ。大きなことやろうぜ」

熊谷の顔が明るくなった。

「それと社長、お願いがあります。記念誌に今のような精神の部分を載せたいのです。そして僕や他の社員がいつでも迷わないようにしたいのです」

「大歓迎だ。タイトルは何だ。職場精神とでもしておくか」

「はい、職場精神でお願いします」

「分かった。十五分くれ」

十分後に書き上がってきたのが、さわかみ投信職場精神だ。

職場精神

一、**ギブ、ギブ、ギブ、ギブ、ギブ、ギブ、とことんギブ。そしていつかは、ギブン**
・これは成熟経済における顧客ビジネスの本質であり、当社ではギブ・アンド・テイクの考え方や、テイク・アンド・テイクの利益追求至上主義とは一線を画す。

二、**顧客第一主義、されどプライドは高く**
・お客様に、それも既存のお客様優先で、「どれだけ信頼してもらえるか」を、社員一同、とことん追求する。

・だからといって、「お客ぶられる」気はない。

・ご縁が口コミで広がっていくぐらいで丁度いい。

三、「時の審判」に耐えられる仕事

・時間が経てばたつほど、実績と信頼が高まる仕事をやり続けることに、自己充実感を覚える。

・その人の理念や生き様は、時間の経過が、すべて白日の下にさらけ出してくれる。

四、結果がすべて、それも自分の意思と意欲と誠実さを出し尽くした結果が

・運用ビジネスは結果の世界。

・どんな状況の変化も個人的な事情も、結果を出した者の前では通用しない。

・ラッキーな結果は所詮ラッキーでしかない。再現性ある結果を求めるなら、結果に至る過程を磨き込むべし。

五、頭や心にぜい肉をつけない

・いつも「おかげ様で」「ありがたいことだ」を、心に念じつつ、仕事や人生に真剣勝負を挑み続ける。

・質実剛健かつゆったりと生き、余裕を社会にお返しさせてもらう。

二〇〇五年春、全社員の想いを込めた冊子『さわかみファンド純資産一〇〇〇億円突破記念誌』が完成した。

その一ページ目を職場精神が飾った。そしてその次に澤上の言葉がある。

「一千億円ファンドとなったところで感慨にふけっている暇はない。まだほんの走りだし。目指すは世界の頂点だ」

それから社史。さわかみ投信と、ファンド仲間数やファンド資産額などの歩みが刻まれている。

社史の次のページを開くと、『熱：パッション』という大きな文字が目に飛び込んでくる。パッションは熊谷の得意技だ。そこに全社員の、それこそ熱い想いが綴られた文章が収まっている。

パッションの項の澤上の最後の章はこうだ。

ここまで書き綴ってきて、ふと思う。会社を設立して、もう9年になるのか、早いものだな。いろいろあったが、なんとか走ってこれて本当に良かった。

多くの方々の暖かい支援をいただき、全国各地のファンド仲間から厚い信頼をいただき、とにもかくにも走ってこれた。本当にありがたかった。

また、明日しれぬ吹けば飛んでしまうほど小さな会社に人生を賭けた、我がスタッフ達の熱い思いが今や「さわかみファンド」を岩盤のように支えるまでになった。なんとも心強いことだ。あっという間だったが、「さわかみファンド」そして我が社が大きく大きく飛躍する準備は整った。

いよいよ、ここからが本番。夢は大きく膨らんでいく。我が社の挑戦意欲もますます強くなっていく。

我らさわかみ投信のスタッフは、全国のファンド仲間から寄せられる期待と信頼に、真っ正面から応えていこうではないか。

目指すは、世界レベル。ひた走りに走っていこうぜ。

今か今かと、出来立ての記念誌の発送日を皆で待ち構えた。

記念誌の件と同時に、一千億円突破を記念したパーティを開催したいと龍が全体会議で提案した。これまでの道のりをファンド仲間と共に祝いたい。これも即刻可決された。

しかしいつをそのXデーとしようか。そもそもいつ一千億円を突破するのか。記念誌と違いパーティはつくって置いておけるものではない。しかも会場の手配や様々な準備に半年近くかかるだろう。一千億円を突破しようがしまいがXデーは来る。一度決めたら後戻りできないのだ。しかし決めないと先に進めない。非常に難しい判断を迫られた。

ファンド仲間数は順調に伸びている。日本の株式市場も、中国などアジアの台頭で強さが増してきている。これは案外早く突破するぞと、龍は年間を通じ天気が安定する十月の二十九日に仮決定した。場所はあの因縁の沼津市だ。関東と関西の中央でファンド仲間にとって公平、土地勘もある。何より会場代が安い。

Xデーが決まった後の準備は壮絶を極めた。投資運用とファンドの直接販売しか知らないさわかみ投信だ。イベントなど企画したこともない。せいぜい自立して堂々と生きていこう勉強会だけだ。

「会場や備品等の計算ができないので、参加人数に制限をかけたらどうですか。記念誌は五千部なので、パーティは五百名とか。ウチの社員が四十名として一人当たり十名強のファンド仲間、それなら十分対応可能です」

堤がそれっぽい理論を展開し、皆も応じ始める。

「何をつまらないことを言ってるんだ。計算ができないとか対応可能とか、そんなのウチの都合だろ。パーティはこれまでの感謝を述べる会だぞ。制限は一切かけない」

自己都合的な雰囲気に流れないよう、龍は準備段階で強く制した。

「でも龍さん、実際何名の方が来られると思いますか？」

「分からん。ファンド仲間五万名の十パーセントで五千名だ。そのくらい来られても大丈夫なよう対応するしかない。押さえている『きらめっせ』は七千名収容できる。後は飲食、遠方から来られる方の宿泊……ん？　ビールは何本くらい必要かな？」

「一人五本は飲むでしょ」

毎晩遅くまで議論を重ねたのだった。

メガファンド

二〇〇四年の上海社員旅行に続き、二〇〇五年の第二弾は東欧へ行こうと決まった。澤上が東欧の建物の美しさを語るや、「社長、では次の社員旅行は東欧で」と社員が悪乗りしてきたのだ。第二弾では家族も連れていこうという声もあったので、前年より研修旅行向けの積立制度を導入、それが貯まってきていた。

具体的に東欧とは、チェコとスロバキアである。現地へのフライト時間は上海とは比べものにならず、前半・後半組が土日に合流できないのが残念なところだ。さわかみファンドの基準価額の算出やファンド仲間の手続き関係などの日常業務に穴を開けることなど絶対に許されない。万全を期して前半・後半の研修旅行の間に一週間の余裕を設けた。つまり前半組の出発は六月六日から、後半組は六月十八日としたのだ。

記念誌の完成後、さわかみ投信社内は常にソワソワしていた。かつての澤上の発言どおり、単一ファンドで資産額一千億円という水準は誰も否定できない規模なのである。

独立系直販投信という日本に存在しなかった異端児のさわかみ投信を、これまでずっと育ててくれたファンド仲間に報いたい。苦楽を共にした仲間と栄光の時間を分かち合いたい。そしてこれからもずっと大海原を共にする仲間と一つになりたい。社員全員でその壁を突破する瞬間を待った。

六月に入ると、一千億円突破の日がいつ訪れてもおかしくない状況となった。

せっかくなら社員全員が揃う六月十三日の週に突破してほしい。皆がそう願った。

そしていよいよ、東欧研修旅行前半組も無事戻り、六月十三日を迎えた。

株式市場に歩調を合わせるように、さわかみファンドの基準価額は毎秒ごとに動く。その基準価額で換算してあと少しのところまではいくものの、どうしても一千億円が突破できない。株式市場が開いている場中の瞬間だけでも十二桁という新領域を見せてくれれば良いものの、一瞬たりともその領域に踏み込むことは許されなかった。

六月十三日が終わった。

六月十四日、今日は突破するだろうとドキドキしながらいつもの業務に勤しむ。しかし瞬間も届かないでその日も終わった。

六月十五日、十六日と過ぎていく。日の経過に伴って、さわかみ社員の中にあるドキドキ感が薄まる。今週はもう無理か……。


そして六月十三日の週の最終営業日である金曜日が来てしまった。その日突破しなければ、おそらく翌週の突破になる。すなわち社員全員ではメガファンドの仲間入りを喜べない。

金曜日の午前中、つまり前場は何もなく終わった。株式市場に小刻みな動きは見られるものの一千億円の大台には届かず、そのまま後場に突入した。

後場に入り、大引けが近づく二時台になってもなかなか壁は破れない。二時半、まだ破れない。二時四十五分、五十分と時間が過ぎていった。

そして社内に諦めムードが出始めたその時、ジワジワと基準価額が上がり出したのだ。

さわかみファンドのポートフォリオ管理システムは、基準価額の概算をリアルタイムに算出できるようになっており、そこからファンド資産額も自動計算する仕組みだった。そして、残り何円分の基準価額の上昇で一千億円の大台に到達するかという逆計算式を埋め込んでいる。『あとXX円』という表示が誰からでも把握できるのだ。

社員の大半が龍の支配するデスクの周りに集まってきた。龍のデスクの上には、二画面に分かれたポートフォリオ管理システムが置かれている。それを皆が覗き込んでいる。

突如、熊谷が大声で「誰か、ビデオカメラ！」と叫んだ。瞬間を脳裏以外のものにも刻んでおきたかったのだろう。

神様は時に、本当に面白いドラマを用意してくれる。

二時五十九分に表示が動いた。証券取引所があと一分で閉まろうという時間になってようやくその表示が『あと1円』を示したのだ。

あと一円基準価額が上がれば、計算上ファンド資産額は一千億円を突破する。あと一円。そしてあと一分。しかし『あと1円』の表示が動かない。皆、呼吸を忘れ心の中で呟いた。

「いけ！　いけ！」

その心の声が次第に実際の声に変わる。

「いけ！　いけ！　いけー‼」

午後二時五十九分二十秒、『あと1円』との表示が動き出した。その瞬間、熊谷が化け物のような雄叫びを上げた。

そして表示の動きが止まった。

あと▲4円

ポートフォリオ管理システムに異常値が出た。マイナス四円というあり得ない数値……遂にさわかみファンドは一千億円を突破したのだ！

さわかみ投信が狂喜乱舞していることなど知らぬ顔で証券取引所は金曜日の市場を閉じた。

前場中に一千億円を突破してもおかしくなかった。または一旦は突破し九百九十九億円との間を往復したり、大引けで下がって「はい、おしまい」ということも十分にあり得た。しかし現実は違った。残り四十秒で初めて目標値を突破し、そのまま止まったのだ。翌日には東欧研修旅行の後半組の出発が控えている。社員全員が揃う最も良いタイミングでそれは起きた。まさにドラマだった。

二〇〇五年六月十七日、さわかみファンドはメガファンドとなった。

その日、澤上はテレビ東京の番組であるクロージングベルに出演。「今日一千億円突破するかもよ」と番組スタッフに伝えていた。澤上が一千億円突破を知ったのは、番組スタッフの口からだった。それを聞くや澤上は会社へまっしぐら。

同じ日、龍は銀座でラジオの公開生放送に出演予定だった。突破の瞬間には立ち会ったものの、正式な数値は投信計理の照合を待つしかない。突破が確定したら連絡するよう伝え、銀座に向かったのだ。

局で打合せを行うものの龍の頭に内容がまったく入ってこない。確定の連絡はまだか……それだけを考えていた。

リハーサルを終え、本番前の休憩中に待ち焦がれていた連絡が入った。

「龍さん、確定です」

一言だった。

電話を切った龍は、そのままラジオの本番に臨んだ。そしてリハーサルで確認した内容は捨て、龍は独演会を実施した。どうせ生放送だ、言ってしまえ……誰も止められない。それがメガファンド入りの外部への初公表となった。

番組終了後、急かされるまでもなく龍は急いで帰社した。間違いなく大宴会の準備が整っているだろう。

澤上は既に帰社しており、後は龍が戻れば全社員が揃う。さわかみ投信の会議室には、興奮を隠せずに立っている社員と発泡酒、そして少々のつまみがあった。あのビデオカメラもテレビに接続されている。

会に先立ち、まずはビデオカメラの再生ボタンが押され、あの瞬間を全社員で共有した。澤上は突破の瞬間は外出しており、また一部の社員も電話応対などで立ち会っていない。再び興奮と感動が甦った。そして発泡酒のタブを引き、皆が澤上の乾杯の発声を待った。

「ようやくここまで来た。ようやくここまで……」

澤上の次の言葉を聞きとれる者はいなかった。

代わりにと龍が話し始めた。

「我々は数年前、四百八十七名のファンド仲間と十六億円からスタートした。途中、色々とあった。本当に色々と……」

龍の言葉も詰まった。涙で言葉が出ないのだ。その涙はメガファンド入りを果たしたからではない。そしてファンド仲間に報いるべく立てた目標を叶えたからでもない。澤上篤人という一人の人間が裸一貫で立ち上がり、ひた走りに走って夢を叶えたのだ。途中あらゆる困難をぶっ飛ばすように克服し、時に社員を怒鳴り、時に監督官庁にも悪態をついた。しかし常に笑い、常にファンド仲間のことを第一に考え、今日のこの日を迎えることを信じ誰よりも強く社員を引っ張ってきた。

その澤上が初めて大泣きしているのだ。

これが本気で生きた人間の真の涙だろう。その男泣きに龍は涙を止められなかったのだ。

二人を見かねた熊谷が一歩前に出る。が、出たはいいが熊谷も嗚咽の連続で言葉を発せられない。

龍が声を振り絞る。

「仲木、代わりに言え」

遅れてさわかみ投信に入社した仲木も泣いていた。その間、全社員が蓋の開いた発泡酒を胸元に持ち続けていた。

「僕は泣けない。だからこそ、五千億円を突破した時に泣けるような仕事をしたい」

メーカー出身で、人生最後の勝負と転職してきた大野敦久の言葉が乾杯の合図となり、ようやく会が開かれた。

そして、全社員で祝う会は深夜まで続いた。

翌日の昼、龍の携帯電話が鳴った。後半組全員が無事に成田空港に到着したとのこと。酒も抜けぬままに後半組が東欧へ飛び立った。

夢に向かって

「一千億円突破は通過点でしかない」

澤上はそう言い放った。東欧研修後半組帰国後の全体会議でだ。

メガファンド入りを果たしたといっても、それはさわかみ投信の一つの目標なだけで、ファンド仲間からの期待は更に先にある。一人ひとりが経済的自立、つまりファイナンシャル・インディペンデンスを果たした先にある心豊かな生活を送れることが真の目的だ。澤上は改めて社員を引き締めた。

やることは山積みだった。まずは記念誌を発送せねばならない。即刻、ファンド資産額一千億円突破の感謝と記念誌の案内を全ファンド仲間に送付した。

つくり置きしていた五千部の記念誌に対し想像以上に多くのファンド仲間からほし

いと手紙が届いた。その数はあっという間に五千を超え、送付が叶わないファンド仲間へ謝罪の連絡をするに至った。

一千億円突破のパーティは何名来られるのだろう……。

龍は焦った。七千名の会場もステージや出店のスペースやらで千名程度しか収容できない計算となっている。少し早いが、申し込み期限を七月末と決めた。

澤上に命名された『ファンド仲間大合流パーティ』の準備に励むと同時に、さわかみ投信は次から次へと悪乗りを加速させた。

八月の全体会議で、出産手当を出したらどうかとの提案があった。これまで独身の若手が中心だったさわかみ投信の社員も、いずれは結婚し子どもを持つようになる。少子化対策にも良かれと、仲木の提案は通った。

せっかくの祝いごとなので一人生まれたら百万円を支給しようと澤上が言う。子ども一人当たり百万円だ。双子が生まれたら二百万円。そうだ十一人目はサッカーチームができることもあってプラス一千万円にしよう。これぞ悪乗りだ。出産手当の制度は、日本企業の中でも相当に早い導入だった。しかし今後も、さわかみ投信の支給額を超える企業は生まれないだろう。澤上はニヤリとした。

その後もすごい勢いでファンド仲間は増え続け、報告書発送が容易ではなくなってきた。時間はあるがスペースがない。大人数が汗びっしょりで芋を洗うように犇めき合っている。

そのうち建物の中では不可能と、路上にまで進出して発送作業を続けた。警察に度々注意を受けたがやり続けるしかない。澤上の「未来永劫やるぞ」という宣言に関係なく、全社員が報告書発送を楽しんだ。

澤上の自宅近くの工場は、その頃には道場と呼ばれ、新しい社員に何のためにさわかみ投信が存在しているのかを実感させる場所となっていたのだ。

そうこうしているうちに道場の二軒隣が空いたとの連絡を受け、即刻契約。これで更に多くの社員が報告書発送に参加できる。それまで深夜一時二時までかかっていたのが十時半過ぎには終わる。そのおかげで、朝の三時四時までの発泡酒付き戦略会議も大いに盛り上がった。

宇都宮に設置したサテライトオフィスが稼働し始めた。東京の本社が地震などで機能不全となった時のバックアップだ。数名駆けつければファンド仲間の対応ができるようにと、最低限必要なシステムを宇都宮に置いたのだ。

しかし疑問が残る。バックアップ体制は整えたものの、災害が起こった時に果たして歩いていけるのか。到着できなければバックアップも意味がない。

では実際に歩いてみよう。有志社員が百二十キロの道のりに挑戦した。

結果、途中で脱落する社員がいる中で、三十時間前後で到着したのが原だった。原のすごいところは、到着しただけでなく翌日以降も体調変化を訴えることなく仕事に従事したことだ。他に百二十キロを走破した社員も多くいたが、大半が翌日「歩けません」「すみません、会社に行けません」となった。

宇都宮のオフィス到着が目的ではない。到着後の仕事が本来の目的だ。サテライトオフィスは再考しなければならないな……澤上は考えた。

サテライトオフィスと同時進行で、本社には通話録音装置が導入されコールセンターも設置された。後にさわかみ投信独自の名称である『ご縁の窓口』の誕生である。

目論見書の一斉発送も行った。六万を超すファンド仲間に目論見書の大きな封筒を郵送するのだ。資材の搬入は、日に数千部と分割されてくる。しかし搬出は一斉だ。封入を終えた封筒は、発送直前まで会議室を占領し、それでも入らず廊下に積み上げられた。そのせいで、しばらくの間は会議や金曜勉強会を中断せざるを得なかった。

トラックで運ばれていく搬出日は、オフィス外の駐車場に見張りを立て、社員全員で車一台分のスペースに封緘した目論見書を積み上げた。ブルーシートをかけトラックの到着を今か今かと待った。澤上は、会社がここまで大きくなったのかと感慨深い思いでブルーシートを見つめていた。

その他、様々な悪乗りがさわかみ投信を活気づかせた。毎週火曜日は英語だけにしようとか、ビールサーバーを置けば空き缶というゴミが出なくて済む、カジュアルデーも導入だ、と社内は社員の発想を基に次から次へと変わっていった。その間に社員も十名以上増えていた。

「今週末はどちらへ？」

社員が龍に聞いてくる。

自立して堂々と生きていこう勉強会は、龍や仲木を中心とした若手の勢い任せの会であったが、数をこなすうちに認知度も向上、多い時だと三百名の参加者を迎えるに至っていた。

「大阪だよ」

ほぼ毎週末、龍や仲木は全国あちこちへ飛び、質問を中心とした勉強会に臨んだ。参加者側の最後列に、社員の発言に大きく頷く澤上の姿があった。呼ばれてもいないのに会場に顔を出し、後ろで目立つくらい頷いている姿を見た社員、特に勉強会デビューしたての若手がどれほど勇気づけられたことか。澤上は一言も発せず、ニヤニヤしながら会場を後にした。

しかしいつの間にか合流し、新幹線内での名物反省会では誰よりも話した。

その自立して堂々と生きていこう勉強会で、澤上自身が前に立つ場面もあった。

「アンタらも飽きずによう来るな。感心するよ」

澤上に迎えられるように会議室に入ってきたのは、あの朝日新聞の記者たちだった。

預貯金大国の日本人が投資などするはずがない。しかしさわかみではファンド仲間が急増している。一体どんな仕掛けがあるのだ。

二〇〇一年より記者、編集委員などがさわかみ投信に出入りし、秘密を探りに来ていたのだが、さわかみファンドの純資産額が一千億円に迫る頃から訪問回数が急ピッチで上がり、論説委員までもが二ヶ月おきに来るようになっていた。

「猿のダーツとさわかみ投信、どちらが成績が上ですか?」

そんな喧嘩取材も含め、三年強で延べ三十名くらいの朝日新聞記者たちと日本の個人投資家について堂々めぐりの議論を繰り広げてきた。その間、澤上は彼らの固定観念が少しずつ崩れていっている現実を見始めていた。

記者たちがますますさわかみ投信の挑戦に興味を持つようになったので、澤上は自立して堂々と生きていこう勉強会の現場を見せたくなった。そこで東京のようにあくせくしていない宮崎県は延岡市での会に誘ってみた。澤上自身が前に立つ会だ。

勉強会自体は十名程度の寂しい会となったが、参加者の真剣さに記者たちはむしろ感動して帰っていった。

プレゼント

見切り発車的に動いたファンド仲間大合流パーティの準備もそろそろ大詰めを迎える。

Xデーを十月二十九日と仮決定したが、無事、前提条件のファンド資産額一千億円は突破した。そして突破した六月十七日以降、一千億円を割っていない。

準備段階において、中身はさわかみ投信らしくすべて自前主義とした。どこかのイベント会社に協力を仰ぐわけではなく、一つひとつ手探りで進めていく。

早目に申し込みを締め切ったことで、参加者は千名前後と把握できていた。もう一ヶ月か一ヶ月半でも期限を延ばしたら、参加者は二千名を超えていたかもしれない。澤上は龍の早い締め切りに苦笑いをした。

全体会議であらかた決まったことを報告した龍は、『さわかみファンド純資産一〇〇〇億円突破記念　ファンド仲間大合流パーティ』と表紙に書かれた資料を全員に配った。

「パーティ当日の後半の時間は、社員から好きに出し物をやってもらいます。内容は何でも良し。また一人でも、チームをつくっても構いません。二週間以内に内容を決め、報告してください」

会議後、社内のあちこちで活気溢れるミーティングが重ねられた。

メインイベントはやはりあれしかない。龍は思案した結果、さわかみ全社員からのスピーチの時間を会の冒頭に持ってきた。四十名の社員がステージに上がり、一言ずつ感謝を述べたら壮観だろう。龍は自信を持った。

それではと、龍は会場の端からでも見えるような砂時計をつくり始めた。二リットルのペットボトルを二本つなぎ、中に真っ赤なビーズを入れる。問題は砂時計の腰の部分だった。ひっくり返してもちょうど一分間でビーズが落ちるよう角度を調節し、三日程度かけて手製の砂時計を完成させた。

さわかみ投信の運用会議では三分間の砂時計を使用する。アナリストは、砂が落ち切る前に発表を終えなければならず、もちろん話の途中でも三分経ったら強制的に終了となる。ダラダラと話させない。本当に質の高い発表は最初の一分で決まってしまうものだ。澤上のそのこだわりを龍が拝借したのだ。

完成した砂時計を何度も試しつつ、当日の模様をワクワクしながら想像していた時、突如大きな落とし穴を発見した。全社員が話している間、遅れて到着したファンド仲間の受付は誰が行うのだろう。

そこで挙がったのが、金曜勉強会などにレギュラー参加しているメンバーに手伝ってもらうという澤上の案だった。

これは助かったと金曜勉強会の参加メンバーを集め、パーティ実行委員長の龍が当日の流れを説明した。しかしそこで一悶着があった。

「バスの運転手の控室は、書いてあるこの部屋ですか？」

ボランティアの一人が質問する。

「運転手さんにもパーティを楽しんでもらおうと思います。その部屋は授乳室の予定です。その隣が救護室。控室をつくる余裕はありません」

龍は答えた。

「それはおかしい。普通、運転手の控室はつくらないとダメでしょ。パーティを楽しむって、そんなの非常識だ」

カチンときた龍も応酬する。

「普通じゃないので、このパーティは。常識非常識で考えても始まらないのですよ」

「そんな、素人が息巻いてもダメだよ。このままじゃ危ないので、お金をかけてでもイベントのプロを入れるべきだ」

「皆さんには受付や、弊社社員が身動きとれない時のサポートをお願いしたいと考えている。イベントそのものに口出ししてほしいわけでもないし、イベントのプロを呼ぶって？　それじゃあ、何のための今日の会議ですか」

喧嘩別れとなった。

皆がパーティの成功を願っているだけなんだ……事実、彼らの手伝いがないとパーティは回らない。普通だとか常識との言葉に過剰反応し過ぎた。これまでの常識を破ってきたという自負、実行委員長としてのプライドなどは捨てよう。

一晩落ち着いて考え、龍は一週間後にボランティアメンバーに詫びを入れた。

ボランティア側としても、澤上のカリスマ性に惹かれて集まっただけで龍のような若造に命令されるのは心外だと腹を立てたとのこと。

謝罪後は互いのわだかまりも消え、準備はとんとん拍子で進んだ。

警察や救急病院との連携。遠方から来るファンド仲間が熱海のホテルを三割引きで泊まれるよう交渉。産廃の始末方法。食事提供と火の問題。その他、すべてのことが決まり、いよいよ当日を迎えるだけとなった。

大合流パーティを一ヶ月半後に控えた二〇〇五年九月十日、ファンド仲間から一本の電話が来た。

「澤上さん、朝日の記事見ましたか？」

澤上の回答は「は？」である。

朝日新聞の土曜版のｂｅにさわかみ投信が大々的に取り上げられたというのだ。

散々、さわかみファンドの理念や日本人の投資性向を疑ってきた朝日新聞の記者たち。いかに彼らがマスメディアの常識に洗脳されていたとしても、さわかみ投信が訴える長期投資で良い世の中をつくっていこうという考え方には、その社会性からも同調する気持ちが強まっていた。そして遂に記事にしたいと言ってきたのだ。

澤上は記事にしてもらおうなんて考えてもいなかった。朝日新聞特有のカンカチコンにさわかみ投信の挑戦を真正面からぶつけていっただけだ。むしろ激しい主張の衝突を楽しんでいた面もある。マスメディアに代表される長期投資への無知を突き崩していくのがさわかみファンドに与えられた使命と考えていたのだ。

「どうぞ好きに書いてください」

どうせ固い記事にしかならないだろうし、批判たっぷりに違いない。澤上はその程度に考えていた。


ところが、朝日新聞にすごい特集が載っていたよとのファンド仲間からの電話だ。澤上は朝日新聞を購読していないから、土曜版を確認する手立てもない。

「そうなんですか」と応えておいたら、朝日新聞から『ｂｅ』が郵送されてきた。

「これは良いことを書いてくれた！」

記事を読んだ澤上は思わず唸った。

そこには長期投資の先にある世界観、とりわけヴィレッジ計画のことも記載されている。写真はこの間の延岡での勉強会のものだろうか。およそ三年間の取材は何だったのかと思わせるほど、さわかみ投信の志を言い当てた内容だった。

その記事は、招かれざる客からのとんでもないプレゼントとなった。

その日以降、さわかみファンドへの資料請求は爆発的に増えた。それこそ万単位だ。

心の中で澤上は、記事を担当した松浦氏に感謝を述べた。

ファンド仲間大合流パーティ

前日の予報どおり、二〇〇五年十月二十九日は未明から雨だった。

静岡県沼津市のホテルの一室で雨音を確認した龍は、火をつけたばかりの煙草を消し、深い溜息をついた。そしてすぐに次の一本を手に取った。

今日はさわかみ投信にとって設立以来最大のイベント『ファンド仲間大合流パーティ』の開催日だ。この日を迎えるべく社員一丸となり命懸けで戦ってきた。そしてその戦いには多くの仲間の支えがあった。いわば今日は祝勝会だ。全国から仲間が集まってくるだろうに、なぜその日がよりによって雨なのだ。

龍の溜息は天気だけが理由ではなかった。

三本目の煙草を灰皿に押しつけ、机の端に設置された小さな時計に目をやった。少し古びているもののカチカチと音を立てながら正確に時を刻んでいる。針は午前四時半を指していた。

　時計のすぐ脇には封緘(ふうかん)を待つ手紙が放り投げられるように置かれている。封筒に退職願の文字はまだない。そのどこにでもある茶封筒を手にすることなく、龍は再びベッドに横たわった。


　朝八時半。会場に着いた龍は、全社員とボランティアメンバーの集合を待って一日の流れを再確認、それぞれが持ち場へと散っていった。事前に配った白いポロシャツを皆がしっかりと着込んでいる。上がり始めた雨の中に、胸に金色の舵輪を擁した真っ白のポロシャツが映えていた。

　開場の十時を迎えると、さわかみファンド一千億円突破を祝う多くのファンド仲間が楽しそうに来着した。口々に「おめでとう」と言ってくれる。何とも嬉しい瞬間で、まさに大合流パーティだと澤上も「ありがとうございます」と純粋な笑顔で返した。澤上はファンド仲間に最初に接触できるお出迎えの役を買って出た。ボランティアメンバーの一人が「澤上社長は著名人なので控室で待機していてください」と言っても聞かない。

来場者数が八百名を超えたところで、メインイベントの時間がやってきた。ボランティアメンバーに受付を託し、全社員をステージに上げた。まずはパーティ実行委員長の龍が挨拶を始める。

「ファンド仲間の皆様、本日はお越しいただきありがとうございます。皆様のさわかみファンドは、おかげさまで本年六月十七日に一千億円を突破いたしました。私たちは皆様に支えられ、そして皆様に喜んでいただこうと必死になって今日まで戦ってきました。今日はその祝勝会です」

会場から拍手が沸いた。龍は続ける。

「昨晩、私は一千億円という数字の重みを感じつつ、そしてこれまでの道のりを振り返ってみました。その上で今日この場に立っております」

挨拶が会場内に響き渡る。そして龍は一呼吸置いて静寂を待ち、そこから一気に醸成してきた想いを解き放った。

「一千億円……この奇跡は皆様と共につくってきた私たちの誇りであり、大変嬉しく考えています。だけど、まだ一千億円程度。ここで満足していてはいけない。私たちはもっと成長しなければならない。皆様との歩みもこれからが本番なのです。一千億円は単なる通過点、まだ道半ばです。さわかみファンドは皆様の期待を背に一杯に受け、今後、本当の日本一、そして世界一を目指します」

　そこまで言い切った後、龍はスピーチを止めた。そして、ステージ上に共に並んでいる全社員の意識を合わせるかのように目をやり、穏やかな表情で口を開いた。

「ただ、今日という日だけは、皆様と共に一千億円という節目を心から喜び合いたい。私たちはまだこれからの存在ですが、しかしファンド仲間の皆様との絆は、既に日本一だと自負しています」

　会場は割れんばかりの拍手となった。その拍手をきっかけに、龍は準備していた特製砂時計をお披露目した。ここからはいつもの明るい口調だ。

「では皆様、これからさわかみ社員一人ひとりのスピーチを始めます。当社では運用会議の際、砂時計を用いて発言時間に制限を設けています。社員四十名のスピーチです。短く、されど熱くいきますよ。四十分間、持ちこたえてくださいね」

　笑いが生まれる中、まずは社長の澤上がスピーチを始めた。率直な感謝の意だった。それから次々と、砂時計に合わせて一人ひとりの勢いがほとばしった。

一つ反省点を挙げるならば、一人の社員が緊張して話せなくなったことだ。感極まって言葉が出ないのは仕方がない。ファンド仲間にもその想いは伝わる。問題は砂時計の特徴だ。言葉が出ない中、きっちり一分間は無言のスピーチを披露しなければならない。

全社員からの感謝の辞が終わった直後、会場に設置された壁を移動するようボランティアメンバーに合図を送った。

およそ九百人がギュウギュウ詰めで座るスペースの隣に、突如、宴会用のテーブルと出店、そして大量の缶ビールが出現したのだ。さすがに今日は発泡酒ではない。

ステージから降りた社員がそのビールを大急ぎでファンド仲間に手渡す。そしてすべてが行き渡ったことを確認した龍は、大合流パーティに一番乗りで申し込みをしてくれた神戸の末永氏に乾杯の挨拶を仰いだ。

澤上の介添えで、末永氏は温かい言葉と共に「乾杯」と発したのだった。

その後は、ワインバーやモルトバー、化学産業のプレゼンにさわかみ投信の歩みの発表、弾き語りをする者もいれば参加した子どもたちに壁塗りを教える者も。それぞれの社員が準備してきたパフォーマンスに従事した。

ファンド仲間はところ狭しとあちこち移動し、最後は澤上の講演をもって三時間のパーティは終了した。

「皆様に楽しんでいただけたな」と澤上自身もファンド仲間との大合流を大いに楽しんだのだった。

パーティ後も熱気は冷めやらず東京へ戻るやオフィスに直行。参加者リストをデータ化し、社員とボランティアメンバーでの打ち上げを行った。皆、良い仕事をした後の笑顔に満ち溢れていた。

そして翌々日の月曜日、龍は退職願を澤上に提出した。

あとがき

数年前より本書を書きたいと考えていた。さわかみ投信の軌跡を通じ、命を懸ける人生の尊さというか、楽しさというものを世に伝えたかったからだ。

本書にあるとおり、さわかみ投信という会社は幸運にも飛躍的な成長を遂げた。時勢や相場など様々なものを追い風とし、一つの時代をつくるに至ったのだ。その裏には創業者の先見の明だけでなく、不屈の魂を持つ社員たちの努力や悪乗り精神などがあった。だからこそ追い風に乗れたのだと思う。「幸運の女神の後ろ頭はつるっぱげ」とは創業者の口癖だが、我々は貪欲にその前髪を摑みにいった。

昨今、ワークライフバランスや働き方改革という言葉が世に浸透し始めている。しかし、それらが目的どおりに浸透しているかは疑問だ。本来あるべき充実感や生産性の向上とは裏腹に、言葉が独り歩きしているように感じる。私個人としてはそれらの考え方とは無縁であり、異論もなければ興味もない。それぞれの人が有意義な人生を歩めれば良いと純粋に思っている。かつてのように妄信的なモーレツを美徳とし、上だけを目指す時代は終わった。そして、その呪縛から逃れられない企業は社員に逃げられておしまいなのだ。

一方で言い訳を生みだすような土壌の醸成には反対である。人間誰もが楽をすることを好むし、私だってそうだ。世の中が表面的なバランスや改革が重要だと騒ぎ、深く考えずに時代の流れに迎合し、自身の怠惰を肯定するような風潮が生まれてしまっては成長や革新など望めないからだ。

本当に大切なのは、ものごとに遣り甲斐を感じることだと思う。遣り甲斐があるからこそ、それを達成すべく自身でバランスを取りつつ改革を起こすことができる。その遣り甲斐が志へと昇華すれば、誰に言われなくても不断の努力を実行するだろう。そして国民一人ひとりが大小かかわらず志を持てれば、おのずと日本は明るくなり成長を期待できるはずだ。私はそう信じている。

志を持つために、まずは金銭面の不安を解消しなければならない。つまるところ、さわかみ投信は財産形成のお手伝いを通じ、多くの人たちに志を持つための土台をつくってもらうことが存在意義なのだ。志なき金持ちを世に増やしたいとは願っていない。我々は、次世代を担う子どもたちや孫たちが「あんなカッコイイ大人になりたい」と夢を持てるような大人で溢れる日本をつくりたいのだ。

貯蓄から投資へというスローガンの下、我が国の政府も今や金融改革に躍起になっている。自立した国民を増やさないと国家の先行き懸念を取り除けないからだろう。その流れは大いに賛成である。国の年齢別人口構成にバランスを欠き、かつてのような経済成長を見込めない日本にとって国民一人ひとりが自立する道以外に未来に光はない。

但し、その流れの中でどうしても看過できないことがある。それは、財産さえ形成できるならばその過程は何でも良いという常識がまかりとおることだ。株取引然り、FX然り、仮想通貨然り。未だに金融商品の値動きに一喜一憂する投機を投資とする感が否めない。故に投資はギャンブルだと考えられ、投資に距離を置く人も多数存在する。培ってきた企業の歴史の重みを考えることなく多額の資金で買収し権利を主張、自己の利益のみを追求する投資手法もそうだ。開かれた市場への参加方法は投資家それぞれの自由だが、しかし投資が持つ本来の力を引き出さずして投資文化が根付くことはない。預貯金を通じ銀行などに国家の成長を託した時代は終わり、今は、自らが使途を考え、想いを乗せてお金をまわす直接金融の時代なのだから。

投資とは本来、相手の成長を応援することである。企業、詳しくはそこで働く人たちの成長・可能性を信じ、彼らが事業リスクを取るならばこちらは投資リスクを一緒に取ろうというのが投資の本質だ。だからこそ未来を育もうという当事者意識が生まれ、そして投資は未来づくりに参加する行為となるのだ。

然るに投資が、経済通による情報戦・知的ゲームとなり、資産家の稼ぐ手段となり、または誰でもスマホでお手軽・お得にとなってしまっては非常にもったいない。未来づくりへの参加権を放棄し、財産権だけに目を奪われていたら、果たして自分自身がいずれ生活をする未来そのものが素晴らしくなるのだろうか。投資でつくった財産は、企業が未来に供給する財・サービスに使われるのだ。そうであれば、その財・サービスを生みだす過程に皆で参加をする投資文化をつくらないといけないのではないか。

国を挙げて投資文化をつくろうと前向きになっている今だからこそ、投資の素晴らしさを伝えたいと考えたのも本書を急いだ理由だ。株式市場から公的マネーの下支えという梯子を外された瞬間に、ようやく芽吹いてきた新たな投資家たちは投資をギャンブルだと再定義してしまう恐れがある。価格変動に期待した投資家は価格変動によって市場から去るのだ。

投資の真なる部分、つまり投資はあなたの財産だけでなくあなた自身を含んだ経済を成長させる一面があることを、本書を通じて少しでも伝えられれば本望である。価格変動にもブレない投資の心構え、そしてリスクを取って成長後のリターンを分かち合うことができる世の中になることを期待して。

本書の着手に際し、友人のヴォイス・ファクトリイ株式会社代表取締役・輪嶋東太郎氏に相談した。輪嶋氏は故・日野原重明先生の最後のメッセージとなる『生きていくあなたへ　105歳　どうしても遺したかった言葉』を編纂しており、本書への助言をいただきたく考えたわけだ。すると早速、輪嶋氏から幻冬舎の福島氏・木田氏を紹介いただき、出版の話が現実となった。

本書の魂となる部分を感じていただきたいという想いから、私が全国で行っている講演を最初に見ていただいた。参加者は出版に関係する人のみの数名である。商業的な出版ではなく、また輪嶋氏の猛烈な営業助力でもなく、純粋に私の勝手な想いを本というかたちにしてくれることを望んだからだ。

小規模な講演には福島氏のみならず、プロデューサーやライターの方にも同席いただいた。その結果、当初はライターに私の言葉の文字起こしをという話もあったが、私自らが筆をとることに拘(こだわ)ったように見えたのか、実際にはすべて私が書くこととなった。

私は普段からレポートやコラムなどかなりの量を頻繁に執筆しているため、十万文字程度の文章執筆を軽く考えていた。「三週間もあれば大丈夫ですよ」と。しかし、実際に執筆を始めてみると、これが非常に大変だった。物語自体は事実に基づいて書いていけば問題ないのだが、それをスムーズにするために登場人物の会話部分を創作せざるを得なかった。当時の社員が言いそうなこと・口調を上手く表現できたと思うが、とても時間がかかる作業となった。

本業がある故、執筆は空き時間を利用するしかない。なかなか集中する時間が確保しづらく、海外出張時の機内やホテルでの執筆が最も効率が良い状況だった。執筆しているうちに、十数年前にアナリストとして徹夜でレポートを書いていた頃を思い出した。「あぁ、かつても今も自分は変わらないな」と。

また本書のタイトルである『儲けない勇気』を幻冬舎の福島氏からいただき、本文の中に帰着する内容を盛り込むことにも励んだ。もし私が本書のタイトルを決めていたならば、「さわかみ投信の軌跡」か「メガファンド」となっていただろう。そうであれば、熊谷幹樹という弟分と共に悩んだあの時間を本書で表現できなかったかもしれない。

本書を読み返していると、共に汗を流してきた先輩・同僚たちの顔が思い浮かぶ。現在もさわかみ投信にて戦っている者、既に卒業し違う人生を歩んでいる者もいる。本書に登場した面々、そして登場しなかった鈴木氏、前川氏、多根氏、鈴鹿氏、山方氏、岡本氏、椈沢氏、岡田氏、宮地氏、藤岡氏、青木氏、赤松氏、片桐氏、倉田氏、山田氏、岡野氏、岡澤氏、小川氏、松田氏、根岸氏、坂井氏、石川氏、上原氏、勅使河原氏、星山氏、細田氏、吉田氏、根本氏、宮崎氏、平井氏、野崎氏、清塚氏、福岡氏、高妻氏、横浜氏、憲、甲賀氏、王氏、角岡氏、大川氏、上野氏、中村氏、原田氏、山田氏、高橋氏、坂本氏、そしてインターン生たち……彼らがいたからこそこの物語は完成した。そしてファンド仲間の皆様がさわかみ教を信仰してくださったからこそ今があり、未来がある。

出版にあたり、「筆者がノリに乗っている時は余計なことは言うまい」と私の執筆を黙って見守り、「これは昭和から平成への移り変わりを示しているようだ」と本書のタイトルだけでなくヒントを与えてくださった福島氏、誤字の修正や全体の進行をきめ細やかに指導してくださった木田氏、本書に命を吹き込むきっかけをつくってくださった輪嶋氏、そして共にこの物語をつくってくれた仲間や物語後（二〇〇六年以降）から登場する現戦友たち、すべてのファンド仲間の皆様、最後に、私の志のままに自由を与えてくれる家族に心から感謝を申し上げたい。

さわかみ投信の挑戦は今なお続いている。

澤上 龍（さわかみ・りょう）

1975年千葉県生まれ。

2000年5月にさわかみ投信株式会社に入社後、ファンドマネージャー、取締役などを経て2012年に離職。その間、2010年に株式会社ソーシャルキャピタル・プロダクションの創業、2012年にウルソンシステム株式会社の経営再建を実行し、2013年にさわかみ投信株式会社に復帰、一月に代表取締役社長に就任。

現在は、「長期投資とは未来づくりに参加すること」を信念に、その概念を世の中に根付かせるべく全国を奔走中。コラム執筆や講演活動の傍ら起業や経営の支援も行う。

株式会社ソーシャルキャピタル・プロダクション代表取締役社長、株式会社Ｙａｍａｔｏさわかみ事業承継機構取締役なども兼務。

儲けない勇気　さわかみ投信の軌跡
2019年4月10日　第1刷発行

著　者　澤上 龍
発行者　見城 徹

発行所　株式会社 幻冬舎
〒151-0051東京都渋谷区千駄ヶ谷4-9-7
電話　03（5411）6211（編集）
03（5411）6222（営業）
振替00120-8-767643
印刷・製本所：株式会社　光邦

検印廃止

Printed in Japan
ISBN978-4-344-03453-2　C0093
幻冬舎ホームページアドレス　http://www.gentosha.co.jp/

この本に関するご意見・ご感想をメールでお寄せいただく場合は、
comment@gentosha.co.jpまで。